君と見つけた夜明けの行方

微炭酸

STARTS
スターツ出版株式会社

精彩を欠く。
そんな日常を、君が壊してくれた。
朝焼けに滲《にじ》む空が、とても綺麗《きれい》だった。

大切に保存しておいた写真を、今日も見る。
昨日までと違うことに気が付いた時、
また一つ、幸せになれた。

目次

君と見つけた夜明けの行方

プロローグ

どこまでも続く水平線を前にして思う。

ここから飛び降りる人は、最期に何を見るのだろうか。ほんの一瞬だけよぎった、非生産的な疑問だった。

突き抜けるような青白さを侵すように東側を燃やす大空。遠くの濃い青に染まる海原。それとも、近くで波立つ浅い水色の海辺を海月《くらげ》のように揺蕩《たゆた》う光の波紋だろうか。

実際、波の模様なんてものは灯台の上からではよく見えないから、ただの僕の妄想だ。もしかしたら、僕と同じように目に映っていない何かを思い描きながらなのかもしれない。

どれもこれも、実にありきたり。別に死にたいとか考えているわけじゃない僕には、きっと到底想像しきれないのだろう。

無意味な時間に区切りを付けようと思った瞬間、不意に浮かんだ。家族とか、愛する人とか、大切な何かを想像しながらなのでは？ はたまた、自分の顔を鏡で見ながらだったりするのかもしれない。とんでもない自己陶酔《とうすい》。しかし、ナルシシズムの人が自殺なんてするのだろうか。

遠くの方で船が汽笛《きてき》を鳴らす。ぷぅおぉぉーん、と頭の中で文字に起こせば随分《ずいぶん》と間抜けな音だ。しかし、僕にすら馬鹿にされてしまう音にも警告だったり、進行方向を示す役割が一応、しっかりとあるらしい。

朝の海は結構騒がしい。汽笛もそうだが、何十羽と群れになって飛び交う海鳥《うみどり》は常にぴゅーいと甲高く鳴くし、それに対抗して烏《からす》が時折お馴染《なじ》みの鳴き声を響かせる。真下では防波堤やら消波ブロックが白い波を打ち上げ、さらに耳を澄ませば後方に通る国道を車が行き交う。さながら、ラジオ越しの音楽を聞いている気分。しかし、夏はさらに蝉《せみ》の合唱が追加されるのだから、今はまだましなもんだ。

だから、僕はノイズ交じりの音楽に気を取られ、鉄階段を上ってくる小さな足音に気が付けなかった。

「あの、順番待ちなんですけど」

不意に耳をなぞった人の声に、思わず肩が飛び跳ねる。あまりにも予想外。まさか、早朝の灯台にわざわざ人が来るなんてこれっぽっちも想定していなかった。いや、できるわけがない。

見れば、よく知っている人物だった。僕の首ほどにも満たない小柄で控えめな体躯《たいく》。肩にかかる艶《つや》のある黒い髪。白目と黒目のコントラストがはっきりとした猫のようなシャープな目。色素が薄いのを隠すように色付きのリップクリームが塗られた小ぶりな唇。

その少女——秋永音子《あきながねこ》はじっと僕を見つめていた。いつも学校で目にする制服姿ではなく、厚めのニットカーディガンに乳白色のマフラーを身に着け、そこにいたのだ。

同級生の見慣れない私服に思わず視線が泳ぐ。寝巻に上着を羽織るだけで来なくて正解だったかもしれない。

「なんで、敬語？」

思わず口を衝《つ》いて出た疑問だった。どうして彼女がここにいるのかということより、僕は無意識にそっちの方が気になったらしい。

僕の言葉に彼女は少しだけ眉を寄せ、視線を僕の足元へ向けた。そして、ゆっくりと慎重に顔を上げていく。胸元を通り過ぎ、首へ。顔はさらっと流し、髪を毛先までじっくりと吟味《ぎんみ》するように眺める。一体、彼女は何をしているのだろうか。

「もう一回喋《しゃべ》って」

「えっと、どういうこと？」

「あぁ、おーけー！　おはよう、奏汰《かなた》」

その瞬間、胸が飛び跳ねた。一月の海風が耳に沁《し》みて、ズキズキとした痛みすら感じる。

ややあって、口を開く。

「……奏翔《かなと》だよ。……秋永さん」

若干の気まずさと、相当な後ろめたさに視線をそらした。

「えっ!?　うそっ、ごめん！」

彼女は慌てて顔の前で手を合わせた。

「いや、よくあることだから」

「本当にごめんよ〜。私、今コンタクト付けてなくてさ、視界ぼやぼやなんだ」

僕と彼女の距離はそう遠くない。むしろ、僕を認識するために彼女が近寄ったせいで、せいぜい数歩くらいしか間隔がない。

「秋永さん、目悪かったんだね」

「そうだよ。だから、コンタクト付けてない時はよく人を間違えちゃうの。許してっ！」

朝陽に良く似合う笑みを浮かべ、彼女が片目を閉じてウインクをする。流石《さすが》は容姿の整った彼女だ。そのポーズが似合う人は数少ない。

「別に最初から怒ってないよ。……それじゃ、僕はもう行くから」

居心地が悪くて、彼女の脇をすり抜けて階段に足をかける。一刻も早く、この場を去りたかった。朝起きてから、今までの一連の行動に後悔しかない。

「あっ、待って！」

振り向くと、彼女は何とも読み取りづらい表情を浮かべていた。焦《あせ》っているような、それでいてちょっと怒っている風にも見える。その理由は、まあ何となく想像がつく。

だから、彼女が次の言葉を出す前に答えておいた。

「大丈夫。誰にも言わないよ」

「――っ」

「でも、少し――いや、だいぶ罪悪感が残りそうだからさ、今日はやめといてくれないかな？」

彼女は静かに僕から目を離して水平線へと向ける。その横顔が、不謹慎にもとても美しいと思えてしまった。

「奏翔くんだって、死のうとしていたんじゃないの？」

彼女が呟《つぶや》くように口にする。

「どうだろう……。でも、僕にはそんな勇気は無いって分かってるから。現実逃避というか、実際に死を意識出来れば自分が変われるんじゃないかって期待してただけ。秋永さんだって、そうでしょ？」

風が強く身体へと吹き付ける。それを合図に、騒がしい朝の音楽が空気を読んだようにぴたっと止まった。

「――私は本気だよ？」

今一度、彼女が僕を見る。その瞳にうそは見えなかった。

「ま、まさか。冗談だよね……？」

彼女は口元を微《かす》かに緩《ゆる》め、手すりから一歩離れる。

「でも奏翔くんが嫌な気持ちになっちゃうなら、しばらくはやめておくよ。誰かに迷惑をかけたいわけじゃないしね」

彼女の声色がいつも通りの明るさを取り戻し、僕は思わず心の中でほっと息を吐く。

「それならいいんだけど……」

一つ鉄の階段を下りて、僕は思いだす。

「あのさ、」

「……何？」

彼女は僕をまっすぐ見据え、続きを待っていた。

「最期は何を見る予定だったの？」

聞いたのは自分なのに、緊張感が漂う空気に喉《のど》の奥が乾いた。そもそも、説明不足な言葉で彼女に通じたのだろうか。

ややあって、彼女は静かに目を閉じた。

なるほど、そういう選択肢もあったのか。

現実を見たくない。綺麗な世界なんてうんざりだ。

勝手にそう解釈しておくことにした。

一章　凍えてしまいそうな季節に

次の日も日曜日で学校が休みだった。

予定は無かったけれど、なんとなく目覚ましをかけてみた。鳥肌が立つような地獄のアラームを止め、スマホを見ると画面の眩《まぶ》しさに目の奥が痛む。同じ刺激のはずなのに、朝陽が海辺を照り返すそれを食らった時よりも、随分と身体に悪く思える。

五時十五分。ちょうど、日の出の一時間半ほど前だ。朝に弱い僕にとっては随分と早い起床だが、既《すで》に一階からは物音が聞こえていた。朝市へ向かう父と、それを起こす母からすれば、いつも通りの朝なのだろう。

真っ暗な部屋にブルーライトの明かりが瞬《またた》く。

カーテンを開けると、ほんの少しだけ明るさがましになった。そうは言っても一月の真冬。一年で一番日の出が遅い時期の外は思いのほか真っ暗で、星がまだわずかに瞬いて見えた。窓の外に広がるはずの見飽きたオーシャンビューもまだ帳《とばり》の奥に姿を隠し、道幅の広い海沿いを走る車のヘッドライトが時折砂浜の輪郭《りんかく》を映す。あと三十分もすれば、東の山向こうの空から、予定の無い休みの日という、実に怠《たい》惰《だ》な一日の幕が開けるのだ。

窓から目を離し、布団に再び身体を戻して枕に顔を埋める。

目覚ましなんてかけなきゃ良かった。このままもう一度眠れるわけがない。脳裏《のうり》に昨日の出来事がチラつく。

あの後、彼女はちゃんと帰ったのだろうか。そのことを確認する術《すべ》は、スマホの中のSNSしかない。彼女と連絡先は交換してなかったし、そもそも僕の端末はつい先日変えたばかりで、データの引継ぎをしていなかったから、メッセージアプリのクラスのグループトークにもまだ参加していないままだった。

話を合わせるためにアカウントをつくったまま放置していたSNSを開く。見知った名前をとりあえず片っ端からフォローしておいた中に、彼女もいた。最後に更新された投稿の日時を見ると、昨日の夕方だった。クラスメートの伊地知《いぢち》さんと一緒に流行《はや》りのポーズを取っている写真だ。

思わずほっと安堵《あんど》の息を吐く。彼女に死んでほしくない、なんて月並みな思いももちろんある。でも、一番感情として大きいのは、少しでも僕が嫌な気持ちになりたくないという自己中心的な考えだった。クラスメートが亡くなったとなれば、誰だって少なからずショックを受けるに決まっている。

彼女はしばらくはやめておくとしか言っていない。それならまた折を見て……となるのだろうか。それほど意固地になってまで、とは思う。

想像してみた。灯台の上にいる僕は漠然《ばくぜん》と、死にたいなぁと妄想してみる。

……難しい。そりゃ、そうだ。死への願望を持ったことなんて、人生で一度も無いのだから。そんな人間に、彼女の気持ちを想像出来るわけもない。

感情をすっ飛ばして、灯台の手すりに手をかけてみた。昨日触れた感覚が蘇《よみがえ》る。手がくっつくんじゃないかってくらい冷たい。ぐっと力を込めても、漫画のように突然ベキッと折れるなんてことはなさそうで、手すりに腰かけてみる。手すりを握る力は強くなり、肩が自然と強張《こわば》った。宙ぶらりんになる両足はぷらぷらと彷徨《さまよ》って落ち着かない。うるさい心臓の音が思考をさらに狭《せば》める。目の前に広がる百八十度の水平線。真下を覗《のぞ》く。自分の下半身越しに小さな地面が見える。平たいコンクリート。思いっきり飛んだとして、海面に落ちるのは到底無理そうだ。

不意に誰かに背中を押されるんじゃないかとそわそわし、振り向いてみる。そこには当たり前だが誰もいない。いたら、それこそ驚きでそのまま身体を滑《すべ》らせてしまいそうだ。

せーのっ、と心の中で意気込む。そして、意を決して身体を放った。落下速度は想像よりもあまりに速く、走馬灯《そうまとう》を思い浮かべる暇すらないまま、一瞬で灰色の地面へ――。

ゆっくりと目を開けた。ぼやける視界が、スマホの明かりを反射した天井の木目に焦点を合わせる。身体が軽く沈むマットレスと柔らかな枕の感触。重さを感じる厚めの羽毛布団。少し速くなった鼓動が、トクンッ、トクンッと聞こえてきた。

外に出るなり、強い浜風が横殴りに襲う。劈《つんざ》くような寒さに思わず足が回れ右をしかけた。

マフラーで口元まで隠し、コートのポケットに両手を突っ込む。灯台までは歩いて五分とかからない。何なら、もう既に見えていた。

僕が知る彼女は他者が嫌がるようなうそはつかない。だから、きっとしばらくは死なないという僕との約束も守ってくれるだろう。あくまで、学校での彼女なら、だ。

しかし、僕は知っている。学校の外と内では発言から行動まで、まるで別人のように振る舞う人がいるということを。

どうやら、昨日の出来事は思った以上に僕の中にしこりを残しているらしい。だから、こうして灯台に向かうのはそのこぶを取り除く作業だ。

途中、自販機で缶コーヒーを買う。釣り銭の返却レバーに手をかけ、やっぱりもう一本選ぶ。無難にペットボトルの紅茶にしておいた。これだけ寒ければ、別に一人で二本とも飲める。

彼女のことを信用していないわけじゃないけれど、もしまた彼女が死のうとしているのなら、僕には身体を張って止めるか、温かい飲み物でも渡して、どうにか逸《はや》る気持ちを落ち着けてもらうことしか出来ない。

両ポケットに一つずつ突っ込み、その温かさに手を痺《しび》れさせながら塔《とう》の内階段を上る。螺旋《らせん》状になった薄暗い鉄筒に規則的なリズムで音が響く。真上を見上げると、ぽっかりと穴が開いて踊り場の天井が見える。まるで、異世界へと続く道のりに感じた。

いてほしいのか、いてほしくないのか。どちらかは分からないけれど、いない方がきっと何かと都合が良いに決まっている。

でも、やっぱりと言うべきか、踊り場の手すりにもたれかかった彼女の背が見えた。一瞬、心臓が飛び跳ねたが、彼女を取り巻く雰囲気が昨日とは随分違う。それは僕がいつもクラスで見る彼女だった。

声をかけるのも違う気がして、わざと強めに最後の一段を叩く。

彼女が振り向き、ぼんやりと足先から髪まで視線を上げた。

「おはよう、奏翔くん」

「……おはよう」

彼女はネイビーのウールコートの大きなボタンをきっちりと前で留め、昨日と同じ乳白色のマフラーを巻いていた。その隙間《すきま》からは白地のセーターがちらっと覗いてい る。ゆるっとした長いパンツにモノクロのスニーカー。と思わずまじまじと観察してしまう。

「奏翔くん、見過ぎ～」

意地悪そうににやりと笑みを浮かべる彼女。ここに僕が来ることも、私服にどぎまぎすることも、全部が彼女に見透《みす》かされているような気分になった。

「ごめん……」

「謝ることじゃないよ。ただからかっただけ」

彼女はぺろっと意地悪そうに舌を出す。今日はいつも通りの秋永音子だ。学校で見る、クラスの人気者の彼女がそこにいた。

外は寒そうだったから、内壁に沿ってぽつんと置かれたベンチに腰かけた。すると、彼女は僕に倣《なら》って隣に座る。

だから、距離が近いんだよなあ、なんて思いながら左隣から伝わってくる熱を感じた。

「来るんじゃないかって思ってたよ。待ってた甲斐《かい》があったね」

「僕も、まあ、いるんだろうなと思ったけど」

「そっか、じゃあ息ぴったりだ」

そう言いながら明るく笑う彼女。少し赤くなった鼻先が、端正な顔立ちにどこか子供っぽさを覗かせる。

「しばらくは死なないんじゃなかったの？」

「今日はそんなつもりで来てないよ。どうせ毎朝暇なんだし、ここに来れば奏翔くんに会えるかなって」

何だそれ、と思いながらも彼女の口から死なないという言質《げんち》を得て、ポケットの中で飲み物を強く握った手を緩める。

「どっちがいい？」

少しだけ熱の落ちた缶コーヒーとペットボトルの紅茶を取り出す。

「おぉっ、気遣いの鬼だ！」

「僕だけ飲んでたら、すごく嫌な奴でしょ？」

「私も飲み物を持参しているという考えは無かったのかね？」

確かに、と心の中で独り言《ご》ちた。

彼女は迷わず缶コーヒーを選んだ。ちょっと意外だった。教室で彼女がいつも紅茶を飲んでいたから、きっと好きなんだろうと思っていたけれど、どうやら違ったらしい。

もしかして、彼女も僕と同じなのだろうかと思った。小さな繕《つくろ》いの積み重ねで、自らを着飾る。たとえ、それが飲み物くらいのことだとしても、他人からの目を欺《あざむ》くには必要なことだ。

そこまで考え、やっぱり、彼女は単純にコーヒーが飲みたかっただけだと結論付けた。人気者の彼女がそんなつまらない見栄は張らないだろう。

「でも、ありがとうね。後少し遅かったら凍っていたかもしれないよ」

一月の海沿い、しかもかなり高いところで風に当たり続けていたら、それもある意味自殺行為だ。

震える指先でキャップを開ける。細い飲み口から白い湯気《ゆげ》が微かに揺らめく。

「ねえ、」

「どうしたんだい？　悩める若者よ」

同い年じゃん、という返しはあまりにも陳腐《ちんぷ》に思えて、口をつぐんだ。

「僕、明日は来ないからね」

「え、どうして？」

「昨日はその、たまたま寝つきが悪かっただけなんだよ。本当は早起きは苦手なんだ」

「でも、今日来てくれたじゃん。それに、まだ奏翔くんは変われてないんじゃないの？」

遠くの空が白み始めていた。不明瞭だった空と海の境目が今ではよく見える。

「そうだね。でも結局、僕には自殺願望は無いわけだから、こんな方法じゃ変われないって分かったからさ」

「それならさ、私といればちょっとは死にたがり屋さんの気持ちが分かるかもしれないよ？　それに、私がずっと奏翔くんとの約束を守るなんてことは無いからね。参考にするなら今だよ」

思わず、隣の彼女を横目で見た。

やっぱり、彼女は一時の気の迷いで死のうとしていたわけじゃない。その意思表示に思えた。

「他人の死に様を観察するようなことが出来るほど、僕は冷酷にはなれないと思う。かといって、僕は秋永さんの支えになるつもりも無いし」

というより、なれると思わない。

他人の希死念慮《きしねんりょ》を晴らすということは、その人に生きがいを与えるということだ。僕が彼女にあげられそうなものなんて、思いつきもしない。せいぜい、彼女の存在価値を肯定する薄っぺらい言葉を並べるくらいだ。

彼女がくすっと笑う。

「私、最初に言ったじゃん。奏翔くんが嫌な思いをするなら、しばらくはやめておくって。だから、こうして毎日お話しようよ。そうすれば、私が言ったしばらくっていう曖昧《あいまい》な期間も自ずと伸びるかもしれないよ？　それに奏翔くんだって、私と関わることで変われるかもしれないわけだし。ｗｉｎ　ｗｉｎな関係って奴だよ」

手に持ったペットボトルに彼女がコーヒーの缶をコツンとぶつける。

「死にたがりの秋永さんにとっては利にならないと思うんだけど……。正直に言うと、毎日早起きするのも面倒だし」

「朝からクラスの女子と密会しているというのに、なんだその言いぐさは。あーあ、何だか悲しいなあ〜。このままじゃ、衝動的に飛び降りちゃいそうだな〜」

腕に彼女の肘《ひじ》が触れる。つん、つんと僕を咎《とが》めるように何度か軽く突かれた。

どんなに冗談だと分かる口調だとしても、少しだけ胸がざわついた。だというのに、当の本人はにやにやと僕の反応を窺《うかが》っている。昨日の彼女とはまるで違う。別人にすら思えた。それでも、秋永音子は秋永音子だし、彼女には誰にも真似が出来ない魅力が詰まっている。

「あのさ、どうして死のうと思ったの？」

踏み込んだ発言をして、すぐに後悔した。底なしの沼に自ら足を踏み入れたようなものだ。しかし、彼女の返答はあまりにも浅い底だった。

「え、何となくだよ」

「何となく？」

「そうだよ。最近はいつもあの公園にいるんだけどさ、」

彼女は立ち上がり、わざわざ風が吹き荒れる展望台へと軽やかな足取りで向かい、左下を指さした。僕には白い内壁しか見えなかったけれど、ここら辺で公園といえば一か所しかない。

「誰もいない海辺の公園で芝生に身体を放り出してさ、白く明けていく空を見て思ったんだよ。あー、死んじゃおっかなってね」

はっきり〝死〟という言葉を口にした彼女は、あまりにもあっけらかんとしていて、僕の中で昨日の彼女と大きなギャップが生まれた。

「死にたい……じゃなくて？」

「まっさかぁ。私、死にたいと思ったことは一度も無いよ」

それでは僕と同じじゃないか。

呆気《あっけ》に取られる僕を見て、彼女はいつも通りの明るい笑みのまま続けた。

「良い天気だし、今日かなって何となく思っただけ」

本当にそんな漠然とした理由で、彼女は死のうとしたとでも言うのだろうか。

興味が湧かないとは言えなかった。もっと彼女の人生観を知ってみたかったけれど、そうすれば、今度こそ深い沼に飛び込むことになるのだろう。

少し残っていた紅茶を流し込み、立ち上がった。

「とにかく、用事が済んだし僕は帰るよ」

「えー、もう少しお話しようよ。私、まだしばらくは帰れないからさ」

こんな早朝に家に帰れないって、どういうことなんだろう。気泡のようにぷくりと浮かんだ疑問に蓋《ふた》をして、逃げるように歩きだした。

「秋永さんも風邪ひく前に、せめてこんな寒い場所からは移動しなよ」

会話をぶった切るように素っ気ない態度をしたことに、ほんのちょっと心が痛んだ。けれど、これで良いんだと思う。

「あ、待って、待って！」

彼女が僕の袖《そで》をつかむ。流石に振り切るのは人としてどうなのだろうと思い、仕方なく立ち止まる。

「連絡先、交換しようよ。本当は男の子にはあんまり教えないんだけどね、奏翔くんは大丈夫そう。だから、ねっ」

そう言って、彼女は僕にスマホの画面を向ける。メッセージアプリのＱＲコードがでかでかと表示されていた。

「大丈夫そうって、何が？」

「ほら、しつこい人も多いじゃん？　その点、奏翔くんはどう考えても自分から私に連絡はしてこないでしょ？」

「そりゃ、用が無いからね」

「だから、大丈夫なんだよ。ほら、早く！」

きっと、彼女なりの自己防衛なのだろう。好意の押し付けは人を疲れさせるだけだ。人気者の彼女は特にその押し付けが多いことは容易に想像出来た。そして、その気持ちは僕にもよく分かる。

拒んでも彼女は食い下がりそうだから、仕方なくスマホを取り出した。

「ちょっと待って」

「もー、そんなに時間はかからないでしょ。もしかして、奏翔くんっておじいちゃん？」

「……スマホを変えたばかりで、操作がおぼつかないんだよ」

プロフィールを見直す。おかしなところが無いかしっかり確認してから、彼女のQRコードを読み取った。

「おっ、来た！ありがとうね！」

彼女のアイコンはこげ茶色の猫の画像だった。きっと、見る人全員が彼女らしいと思うのだろう。もしかしたら、そういう意図なのかもしれない。その実、僕も似合うなと思ってしまった。

「じゃ、また明日、学校でね」

「うん、また明日！」

外に出ると、すっかり視界が良くなっていた。星は姿を隠し、東の山が橙色《だいだいいろ》に侵食されている。これでもまだ夜明けとは呼ばないことに、僕は疑問を抱いた。

明け方、彼《か》は誰時《たれとき》、曙《あけぼの》。どれも似合っていない。僕から見れば、もうとっくに朝が来たと言えるのに。

次の日、僕は予想通り彼女からのメッセージで目を覚ました。

空はまだ暗いままだった。

◆

人生で一番多く聞いた言葉が何かと問われた時、普通の人はきっと答えられないのではないだろうか。名前かもしれないし、一般的な挨拶《あいさつ》、もしくは感謝の言葉かもしれない。どれも当たり前過ぎて、一つには絞れないだろう。

しかし、僕には明確に答えが存在する。

ざわつく教室の左二列目の一番後ろの席。僕は賑《にぎ》やかな教室に入るや否や、誰に声をかけるでもなく、そこを目指した。その道すがら、にゅっと視界に飛び込んでくるクラスメート。

「おっす、おっすー！　おはようさん、奏汰」

そう言い切って、そのクラスメートはようやく間違いに気が付く。いつもの如《ごと》く、明るい表情をぎこちなく崩した。

そして、決まってみんな、こう言うのだ。

「あ、わりぃ。間違えた。おはような、おとうと」

その言葉に罪悪感や焦りは少しも見えない。よくあることだからだ。

「おはよう」

一言残して僕は自分の席に座る。それ以上の会話は空気を余計に濁《にご》らせるだけだ。クラスメートも慣れているから、特に言葉を繋《つな》げようとはしなかった。

〝間違えた〟。僕が人生で一番多く聞いた言葉だ。もしかしたら、その次が〝おとうと〟かもしれない。

この二つの原因といえば、もちろん僕であり、もう一人の片割れのせいでもある。

今度こそ、本物が現れた。

「おいっすー！　おはよー！」

特定の誰かに向けるわけでもなく、とりあえずといった具合に教室の入口で大きな声を出す人物。その声にクラスの全員が気を取られ、何人かが手を上げるなり、挨拶を返した。

僕の一つ前の席が、その人物を中心に瞬く間に人で溢《あふ》れていく。賑やかになる集団の多くがいわゆる陽キャという奴だ。しかし、ヤンキーとかギャルみたいなそういう人種は、幸いなことにこのクラスには存在しないから、言葉を訂正するのであれば、クラスの顔とも言うべき明るい人たちだ。

「奏汰、このアプリやったか？　おもしれーぞ！」

「おい、奏汰のせいで彼女にフラれたじゃねーか！」

「ねえ奏汰、一緒にショート撮ろ〜！」

奏汰が来るや否や、クラスに大きな輪が出来る。そして、みんなが一斉に待ってたと言わんばかりに奏汰へと話題を持ちかけるのだ。

言ってしまえば、彼、彼女らはクラスの空気そのものを作る二割の存在。そして、この一割は他者との関わりを拒絶し、自分の世界に閉じこもることを選んだ人たち。この二つの集団が空気を読まなくても良い側の人間。

残りの七割は空気を常に読んでいる。積極的にクラスをかき乱したりしないし、不意に大声を出したくなってももちろん出さない。僕はその七割の人間だ。

友達がいないわけじゃないし、話題によっては二割の存在からも声をかけられる。そのポジションに立てるように振る舞っているからだ。

当たり前だが、このホームルームまでの退屈な時間で、昨日読みながら寝落ちしたライトノベルの続きを読みたくなっても、絶対に読まない。僕がライトノベル好きだと判明したら、それは周りの目を変えるのだ。周りが勝手に僕を所謂《いわゆる》、オタクのような存在だと格付けする。だから、学校では絶対に読まない。

でも、仮にカースト上位の二割の存在が、ライトノベルおもしれえと言って読んでいても、「似合わない〜」とか「オタクじゃーん」と軽く流されて、立場が揺らぐことは無い。ライトノベルを読んでいるという印象を凌駕《りょうが》するだけの空気そのものを作り出しているからだ。

だから、僕は他人に変な目で見られたくなくて、精いっぱい取り繕っている。多分、みんなそうだ。自分のクラスでのポジションを理解し、その枠からはみ出さないように演じている。無意識に。

これを俗に協調性と呼ぶのだろう。気持ち悪い話だ。でも、これが普通であって、このクラスだけのものじゃない。どこのクラス、学年、学校だとしても同じ話だ。

いつ、自分のポジションが決まったのだろうか。

多分、小学生の時からだ。もしかしたら幼稚園の時から既にそうだったのかもしれない。結局、みんな生まれながらにして他人の目ばかりを気にしている。

そして、それは成長するに連れて強固なものになっていくのだろう。七割もの人間が蝕《むしば》まれる思春期の病気みたいなもの。そのはけ口として匿名《とくめい》のSNSが流行るのも納得がいく話だ。リアルな視線が無いから、自分をさらけ出しやすい。大声を出しやすいというわけだ。

「なあ、おとうとー」

不意に呼ばれて顔を上げる。奏汰と何人かがこちらを見ていた。その中で、坊主頭《ぼうず》の栗原《くりはら》が前のめりになる。

「奏汰がさあ、いっつも返事遅いから家で通知鳴ったら言ってやってくれよ」

「いらんこと言うなって。お前がつまらない画像送ってくるのが悪いんだろ?」

「いやいや、これのどこがつまらないんだよ。他の奴はみんな面白いって言ったぞ! なっ、おとうと見てくれよコレ!」

向けられた画面を見ると、栗原が変顔をして裸踊りしている写真だった。

どうなんだろう。でも、僕にとって面白いか、そうでないかは重要じゃない。

「うーん、これは面白くないかも」

笑いながらそう答えた。

「なぁんでだよぉー!」

栗原は口を尖《とが》らせる。その様子に周りがどっと沸《わ》き立つ。

僕にとって大事なのは、今の状況で栗原と奏汰のどちらが上の存在かということだけだ。だから、僕はたとえそれが面白くても、奏汰に同調する必要がある。これが、空気読みだ。

「奏翔に見せたって同じ反応に決まってんだろ。俺ら、双子だぜ?」

「まっ、それもそうか。お前ら、何から何まで同じだからなあ。ややこしいったらありゃしねえよ」

栗原が諦《あきら》めたようにスマホをしまう。

「髪形くらい変えてくれよ。そしたら、見分けがつくのに」

「ばーか。俺は奏翔を尊敬してんだよ。だから、真似してるんだっつーの。おら、お前も敬《うやま》え！　おとうとじゃなくて、奏翔さんと呼べ！」

「そんなら同じ髪形はおとうとに失礼だろー！　あっ、いっそのこと染めちまおうぜ。奏汰イケメンだから金髪とかいけるべ！」

「えっ、奏汰が金髪!?　うそ、見て見たいかも！」

「ほら女子もこう言ってるし、やるべ！」

こうなれば、僕の役目はおしまいだ。図々しく会話に残り続けるなんてことは、空気読みの達人はしない。求められた時だけ参加し、話題が変わったならばすぐに何も言わずに退場、その場から目立たないようにフェードアウトするのだ。

「おもっくそ校則違反だっつーの！　栗原がやれよ。そうすれば栗きんとんじゃん！」

「俺は坊主で髪ねえんだよ！　つか、誰が栗きんとんだごらぁー！」

始業のチャイムが鳴る。ほぼ同時に教室の引き戸がわざとらしく大きな音を立てて開けられ、担任の先生がプリントを抱えながら顔を見せた。

「おーい、早く座れー。今日は山ほど連絡事項があるんだ。ほら、栗原席に着け」

「なんで俺だけなんだよ、せんせぇー！」

ちょっとした笑いが巻き起こり、視界を遮《さえぎ》っていた集団が散り散りに席へ戻る。静かになり始めた教室にもう一度やかましい音が響く。ガラッと勢いよく戸が開けられ、滑り込むように一人の女子生徒が教室に入って来た。

「せーふッ！」

後ろ窓からの日差しを存分に受け止め、その人物は大きく息を吐いた。ぱっと教室の空気が明るくなったのがよく分かる。男子の中心が奏汰ならば、女子の中心は彼女だ。

小柄な体格だというのに、この教室における彼女はとても巨大だ。どこにいてもすぐに見つけることが出来る。なぜなら、人が多く固まっているその渦《うず》の中心に、決まって彼女がいるからだ。男女問わず目を惹《ひ》くあどけなさと美貌《びぼう》を兼ね備えた容姿と、天真爛漫《てんしんらんまん》な性格が、彼女に相応《ふさわ》しい立場を設けている。奏汰と彼女だけが二割のさらに一握り、真の人気者なのだ。

「アウトに決まってるだろ、秋永」

担任は彼女へと向いた教室の意識を、プリントの束で教卓を叩いて引き戻す。

「はーい！」

彼女は悪びれもなく返事をすると、僕の席の脇を通り抜ける。その時、どうしてか彼女が机の前で僕に向けて小さく手を振ったような気がした。

僕と彼女はたまに話す程度の関係だったから、どういう意図なのか理解しがたかった。

そして、彼女はそのまま窓際の一番前の席の椅子《いす》を引く。

五十音順で並んだ僕の前の席には奏汰が座っている。きっと、みんなから見た僕の後ろ姿もこんな感じなんだろう。

僕と奏汰はまるっきり同じ。果たして本当にそうだろうか。僅《わず》か一分差で生まれた一卵性双生児。外見的特徴はほとんど一緒。まさに鏡映しのようだ。

じゃあ、なぜこんなにも差が生まれたのか。七割の僕と、二割の奏汰はどこで分岐《ぶんき》したのか。それは、きっと中学からだ。

奏汰は明確に変わった。二人だけの空間に、気が付けば奏汰の周りには人が集まって、僕はその群れの一歩外をついて行くようになっていた。僕と奏汰が一緒にいれば、まず声をかけられるのは決まって奏汰だ。そして、流れるようにセットで僕にも意識が向けられる。

嫌というわけでは無かった。別に今のポジションが気に入ってないわけじゃないし、これが最適解だと分かっているのだから。

でも、一つだけわだかまりは存在する。こんなことを気にする自分は大嫌いだ。ちっぽけで、どうでもいいことのはずなのに、どうしてももやもやが溜まる。

「聞いてくれよ、おとうと～」

ほら、まただ。

「奏汰がさ──」

人は誰しも、不具合を抱えている。

僕と奏汰の不具合は双子だということかもしれない。双子が何もかも同じで生まれる？　そんなわけない。どちらかに偏《かたよ》るのだ。そして、僕は偏らなかった側だ。

つまらない嫉妬《しっと》・劣等感だけが積もっていく。

全てが奏汰の劣化版。何をとっても奏汰より上に行くことはない。

どうして、僕は〝おとうと〟なんだ。

初めは、誰かが僕のことを〝弟〟だと思って付けたあだ名で、それがいつの間にか浸透してしまった。そんなことは分かっている。でも、どうしても僕には別の意味に聞こえてしまう。お前は二番煎《せん》じだと言われているように捉えてしまう僕はおかしいのだろうか？

僕は奏汰の兄で、奏汰は僕の弟なのに──。

◇

最近、少しだけ早く寝るようになった。

理由は単純で、毎朝早く起きるようになったからだ。正確には起こされるようになったから。

枕元に置かれたスマホが今日も同じ時間に鳴り響き、設定した覚えのないアラームの役割を果たす。メッセージをこんな時間に送ってくるはた迷惑な人間は、僕が知る限り一人しかいない。

夢心地な意識をしばらく彷徨わせ、せわしなく脈打つ鼓動に意識を向けていると、二回目の通知音が急《せ》かすように鳴る。

内容は見なくても分かるから、ベッドから這《は》いずり出て私服に着替える。

スマホをコートのポケットに押し込み、廊下へ出る。隣の部屋からは物音一つしない。別に今までも双子で一緒に登校なんてことは、高校に入ってからしたことは無かったから、生活リズムを変えても特に理由を聞かれることは無かった。

廊下は食欲をくすぐる味噌《みそ》の匂いがふんわりと漂っている。まだ早い時間だというのにせわしなく台所を動き回る母親と、既に着替えて朝のつまらないニュース番組を見ている父親。僕が生まれてからずっと変わらない、朝にも満たない時間の光景。

両親はほぼ一緒に家を出る。時間で言うと五時二十五分前後。父親は軽トラでほど近い距離にある市場へ仕入れに。母親は家の隣に構える店へと赴《おもむ》き、清掃と簡単な仕込みをする。海沿いに面した食事処を営む家庭のごく一般的な一日の始まり。だから、基本的には朝から両親と顔を合わせることは今まで無かった。

「あら、今日も早いじゃない」

リビングに入るなり、母親に声をかけられる。

「あぁ、うん……」

最近、僕は朝の散歩にハマっているということになっている。まさかまだ暗闇の中、クラスの女子と会って話していますなんて恥ずかしいことを素直に言えるわけがない。

「何なら、車で送ってやろうか？」

父親がテレビを消して立ち上がる。外はまだ暗いのに、家の中はまるでその気配を感じさせない慌ただしさだ。

「それだと散歩じゃなくてドライブだよ」

「それもそうか」

一人で笑いながら父親は家を出た。母親も少し遅れて、エプロン姿のままませわしなく玄関へと向かう。

「ご飯もう少しで炊けるから。それじゃ、行ってらっしゃい」

毎度思う。行ってきますじゃないのかと。

「うん、分かった。行ってらっしゃい」

カチャと小さく音を立ててドアが閉まる。すると、途端に静寂《せいじゃく》という二文字が家の中で渦を巻く。

ポケットの中でスマホが震えた。見ると、やっぱり催促だった。

炊飯器の残り十分という文字を見て、僕はそのまま家を出る。

まだ夜の気配を色濃く残した海岸沿いは、街灯が綺麗に思える。空を仰げば、澄んだ空気が星々を浮かび上がらせていた。満天とまではいかなくとも、目を奪われるには十分な光景だ。

途中の自販機で紅茶を買い、海辺の公園へ。

灯台には彼女と連絡先を交換して以来、行っていない。と言っても、僕が落ち合う場所を変更したわけじゃない。次の日、彼女に呼び出されたのがその公園だっただけの話だ。

つまり、彼女は僕との約束通り、死ぬのをひと先《ま》ずは見送ってくれたらしい。

別に飛び降り以外にも死ぬ方法なんていくらでもありそうなものだけど。しかし、想像する他の死に方というのはどれも苦しそうなものばかりで、結局飛び降りが一番楽に死ねるんじゃないかな、と歩きながらぼんやり思う。

初めて彼女と灯台で会った日も、彼女はわざわざ公園から灯台に移動してまで死のうとしていたわけだし、きっと彼女の中で死ぬなら飛び降りだと決めているのだろう。

海岸沿いに広がる広々とした芝生の公園には、よく分からない形をした大小のブロンズ像が点在している。『鳩《はと》と少年』、『三位一体《さんみいったい》』、『夢を呼ぶ』など、一つ一つに名称が記載されているが、見てもいまいち想像に欠けた。大体の芸術作品とはそういうものなのだろう。

ひときわ大きく、海を目の前にしたブロンズ像の下に彼女は腰かけていた。その傍《かたわ》らには黒いラベルの缶コーヒーが置かれている。

あの日以降、彼女は毎朝缶コーヒーを持参するようになった。きっと、そうしないと僕が毎回二本買って来るとでも思ったのだろう。

「おはよう」

背中に声をかけると、彼女は寒さでほんのりと赤くなった頬を振り向かせた。そして、いつものように足先から頭の毛までなぞるように見る。

「おはよう、奏翔《かなと》くん」

暗がりに照明が点《つ》いたように世界が色づき、あどけない笑顔が向けられる。これが僕一人に対するものだと思うと、嬉しさよりも独り占めする罪悪感の方が大きい。

促されるわけでもなく、隣に腰かける。視界の全てが海と空に支配された。境界線が見えない景色は、全てが一色に思えて変な感じだ。今日は風が強く、白波が浮きだっているだろうに、それすら見えない。たまに暗闇を海鳥と思しき小さなシルエットが横切る。

「もー、遅いよ！」

「あのさ、毎日連絡してこないでよ」

「来てくれないとは思わないけど、一応ね。でも、メッセを返さないのはいただけないなぁ」

スマホが震える。彼女が僕のポケットを指さすから、取り出して画面を開いた。彼女からスタンプが送られてきていた。怒ったブタのキャラクターが跳ねるように動いている。

からかうように舌をちょこっと出す彼女。その無邪気な表情に何人の男が絆《ほだ》されたのかと思うと、素直に受け止めるのは難しい。

「いやー、今日も寒いねえ。買ってきた飲み物、もう冷たくなっちゃった」

平日の彼女は決まって同じ服装だ。厚手の黒のコートを着て、腰には大きなブランケットを巻くようにかけている。そこから覗くブラウンのローファー。マフラー越しの制服。雑に置かれた学校指定の鞄《かばん》。朝と昼に食べる用のおにぎりやら菓子パンの入ったコンビニ袋。

どうやら、毎朝そのまま学校へと行くらしい。彼女曰《いわ》く、一回帰るのがめんどくさいとのことだ。そう言われれば、そうかもしれない。でも、彼女の家はここから五分程度。それも通学路の方向だ。そこまで手間だとはあまり考えられなかった。

毎日、コンビニでご飯を買ってくることも鑑《かんが》みるに、もしかしたら、彼女の家庭環境は僕とはまた違った意味で特殊なのかもしれない。

「そりゃ、そうだよ。早朝の冬の海が一番寒いんだから。もっと他に寒さを凌《しの》げそうな場所はいくらでもあると思うんだけど」

「せっかく、窮屈《きゅうくつ》で暗い場所から出てきているんだから、出来るだけ開放的な場所がいいじゃん。それに、私は海が好きなんだよ。ほら、今日も綺麗だよ」

彼女はびしっと左の岬に指を向けた。

「まだ真っ暗なんだけど……」

そして、彼女は伸ばした腕をそのままゆっくりと右にスライドしていく。右端の海を通り越し、くねっと手首を回して最後には自分へと指を向ける。

「もちろん、今日の私も綺麗！」

彼女なりの冗談なんだろうけれど、なまじ否定できない容姿なだけに、僕は言葉が思い浮かばなかった。

「ちょ、ちょーい。何かレスポンスくれないと、私が本気で言ってるみたいじゃん」

「返しにくい小ボケだから困ったんだよ」

「えー、別に素直に言ってくれてもいいのに」

けらけらと彼女が楽しそうに笑う。からかわれそうで、吸い込まれるようなその笑みから目をそらす。

「奏翔くんは海、好きじゃない？　それなら、私も場所の検討はするけど」

眼前に広がる景色はまだ闇に包まれたままだ。それでも、思いっきり息を吸い込むと鼻の奥を撫《な》でるように潮の匂いがする。

「嫌いなら、多分灯台の上なんて行かないよ」

「ふふっ、だと思った」

「それに、僕が言いたいのはこの公園がどうとかじゃなくて、秋永さんの体調を心配してだから」

彼女はちょっと意外そうな顔をしていた。

「奏翔くんって、そんなこと言うタイプだっけ？」

「……さあね」

毎日、こんな他愛のない会話をして時間が過ぎるのを待つ。平日であれば学校が始まる一時間前まで、休日であれば僕が帰るまで。何かするでもなく、ただひたすら彼女がたくさん喋って、僕が相槌《あいづち》を打つ。たまに僕から話を振れば、何倍にもなって彼女が返してくる。天気の話から、ＳＮＳでバズっていた動画の話まで、とにかく決まった内容があるわけでは無い。

でも、そんな面白みに欠ける会話だとしても、一人でじっと時間が過ぎるのを待つよりはましなのかもしれない。

僕は海が好きだ。それでも何時間と寒空の中、じっと見つめているなんてことは出来ない。だからこそ、あの日以前もずっと、この公園で彼女は一人で朝を待っていたと知った時は正気を疑った。

多分、彼女は何か隠している。事情があって、この公園に来ている。そう思わないと、理解に苦しむ行動だ。しかし、そんな考えも、きっと彼女が飛び降りようとしているのを見てしまったからなのだろう。本当のところはよく分からない。

「あっ、取った！」

彼女が飛び跳ねるように立ち上がり、前方を指さした。見れば、海鳥が海面を低く飛んでいて、その口には小さな魚がくわえられている。沖にある防波堤に降り立ち、まだぴちぴちと跳ねる魚をついばむ動作が暗闇からでも窺えた。

「おぉー、まさに弱肉強食だ。やるな、あの鳥……」

「もしかして、一人でもこうやって喋ってるの？」

「ずっとじゃないけどね。たまに大声とか出してみたりするよ？　案外、気持ちいいんだよね」

そう言い、彼女は口に手を寄せてメガホンを作る。

「そんなやまびこじゃないん――」

「いちーげーんーのー！　しゅーくだいー！　まーだー、やってませーん！」

思った数倍大きな声量だった。その小さな身体のどこからそんな大きな声が出るのだろう。

彼女は満足気に息を吐き、僕を見た。何だか、嫌な予感がした。

「ほら、奏翔くんも！」

そうならないとおかしい流れではあった。しかし、実際に振られると全く乗り気にはならない。

「やらないと駄目？」

「いいから、いいから。大丈夫だって、誰もいないんだし」

「秋永さんがいるじゃん……」

彼女はにこっと笑い、身体を左右に揺らす。そんな無邪気な眼差《まなざ》しを向けられると、余計にやりづらい。

「と、ところで、今日の体育だけど――」

「あっ、誤魔化《ごまか》した！」

まるで小学生みたいな戯《たわむ》れに思わず笑いが込み上げてくる。だけど、彼女とのそんなやり取りに心地よさを感じる自分がいた。

不思議な話だ。最初は彼女が死ぬのを阻止するためだけに会っていたはずなのに。だからこそ、彼女と灯台の上で会った日からずっと感じていた疑問が、僕の中で膨《ふく》らんでいく一方だった。

「あのさ、変なこと聞いてもいい？」

気が付けば、口に出していた。

珍しく、返事が無かった。どうやら彼女は空気を読むのが上手らしい。代わりに小さく頷《うなず》いた。

「まだ死にたい……じゃなくて、死ぬ気はあるの……？」

舌がわずかに震える。〝死〟と明言するのがこんなにカロリーを使うなんて、今まで知らなかった。

「そりゃ、まあね」

ややあって、彼女は静かに僕を見た。いや、きっと僕越しの灯台に目を向けている。

「でも、いつも思う。秋永さんはずっと楽しそうで、生きるのが辛くなさそうで。だから、僕から見れば秋永さんが死のうとする理由が分からないなって……」

「もちろん、私は毎日が楽しいよ。そして、奏翔くんが毎日こうして私に付き合ってくれてからは、もっと楽しいの。──幸せなんだよ」

明るく笑う彼女に、思わず言葉を詰まらせた。だって、それはやっぱり死ぬ理由にはまでなっていないからだ。

やっぱり、何かしら事情を抱えているのだろうか。しかし、それを僕が強引に聞き出すのは違う気がする。何より、彼女が自ら打ち明けないのは、隠しておきたいということだと思う。ならば、やっぱり何も聞かないのが優しさということになるはずだ。

忘れていた波の音が鮮明に聞こえた。気が付けば、世界が色づき始めている。東の山は背後を赤く燃やし、海と空は綺麗に分断されていた。

視界の全てが黒以外の色で染まる。でも、どこかぼんやりとしていて、フィルターがかかっているみたいだ。まるで夢の中のように色彩が薄い。目に映る全ての角が丸く、柔らかそうに感じた。そんな、つかみどころのない儚《はかな》さに包まれている。

夜明けとは、随分と色々足りていないんだなと思った。

「おりゃ！」

急に彼女が僕を左手で押し倒す。背中をブロンズ像の土台が受け止めた。硬く、コート越しでも冬の寒さをたっぷりと蓄えているのが感じられる。

突然の行動に理解が追い付かない僕を尻目に、彼女も同じように横に並んで倒れ込んだ。

「ほら、見て。綺麗だよ」

彼女がそう言うから、真似《まね》て空を見る。

視界を一面の青が埋め尽くす。水平線の彼方の空は淡い水色に白みがかっていたのに、今全てを支配するのは海よりも何倍も鮮やかな青だった。普段見るものよりもずっと近くに感じる。まるで、今にも落ちてきそうだし、気を抜けば吸い込まれてしまうんじゃないかという怖さもあった。ずっと見ていると、おかしくなりそうだ。

「いいでしょ？　私のお気に入り」

「僕はちょっとだけ怖いかな」

「怖い？　綺麗とか、すごいとかじゃなくて？」

手を伸ばしてみる。すぐそこにあるように感じるのに、当たり前だけど何もつかめなかった。

「うん、怖い。何も考えられなくなっちゃいそうで」

「そうかもしれないね。私が私じゃなくなるみたい。……ううん。本当の私が出てきちゃいそうになる」

そうか。やっぱり、彼女も取り繕っている。人間、誰しも素のままではいられない。そして、いつからかどちらが本当の自分なのか分からなくなる。

「ねえ、」

「……何？」

横目で見ると、彼女は身体を横に向けて僕の方を向いていた。まるで起きたてのように瞼《まぶた》を下げ、首筋にかかるくしゃっとした髪を手で押さえる。見たことのない彼女だった。

「一緒に死んでみる?」

あまりにも軽く言うもんだから、僕はすぐに答えられなかった。ややあって、振り絞るように声を出す。

「そ、それは……、むり、かも……」

息が詰まる。口の中が随分と乾いていた。

そんな僕を見て、彼女が声をあげて笑う。

「もー、冗談だよ。奏翔くん本気にし過ぎだって。言ったでしょ? 死にたいわけじゃないって。あ、でもこういう時、一緒に死んでやるよって言われたらどうしよう。ねっ、ちょっと言ってみてくんない?」

「そんなこと言うの物語に出てくるキャラクターくらいだよ」

大きく息を吸い込むと、肺がキリキリと痛んだ。

「まあ、そうだよね。はい、じゃあ僕も一緒に死にまーすって言われる方が驚きだよ」

彼女は口を尖らせ、退屈そうに嘆《なげ》く。

「なんだかなぁ、物語の主人公とかになってみたいんだけどねえ。そんな面白い話があるわけでもないし、別に劇的な立場にいるわけでもないんだもんね」

「事実は小説より奇なりって言うけど、実際はやっぱりと言うべきか、そんな大層な話は無いんだよ」

「ただのつまんない高校生なんだね、私たち。だからさ、ちょっとくらい変なことに付き合ってくれてもいいんだよ？」

「それ、どっちのこと言ってる？　毎日、こうして会話に付き合うことか、無理心中の話か」

彼女は笑ってカラッポの缶コーヒーを逆さまにした。残っていた茶色い液体が、彼女の頬に垂れて白磁《はくじ》の肌を伝う。

「どっちもだよ」

その言葉に冗談は一切感じられなかった。決然とした気配すら感じる。

「僕は死にたくはないよ」

「……そっか、残念。じゃあ、私ももう少しだけ生きてみるとしますかね」

結局、彼女の希死念慮については分からずじまいだった。それでも、彼女がまだ生きると言ってくれたことに嬉しさを感じる僕がいた。

「それがいいよ。一限の課題見せてあげるからさ」

「えっ、いいの!?　じゃあ、死ぬのやーめた！」

すっかり明るくなった空に、彼女の陽気な声が戻ってきた。

二章　僕のうそ、君の秘密

強烈な芳香が不透明な波紋《はもん》となって、空気中に輝くような光沢《こうたく》を放っている。まるで消臭剤の如く奏汰に香水を吹きかけまくる栗原。

どう考えても過多な噴射量に、ラベンダーの心安らぐような効果はとっくにどこかへ行き、今はただとんでもない刺激臭と化していた。

もはや息すら浅くしないと気持ち悪い。バレないように軽く咳《せき》込んだ。

「きゃーっ！　馬鹿ッ！　使い過ぎだっつーの！」

三枝《さえぐさ》さんが栗原から力任せに香水を奪い取る。

「うるせー！　俺は許せないんだ！　コイツ、また告られてやがる！」

歩く香水の権化《ごんげ》となった奏汰は苦笑いを浮かべていた。多分、この匂いは彼が苦手な部類のものだ。だって、僕がそうなのだから。

「奏汰くさーい」

秋永さんが鼻を摘《つ》まんで笑う。

恋愛話だと悟るや否や、クラスの女子がわらわらと奏汰の席に群がる。

「いや、俺のせいじゃないだろ」

「一年の小岩井《こいわい》ちゃんでしょ？　結構、人気の子じゃん！」

「ねっ、ねっ、何て言われたの？」

「教えねーよ。流石に小岩井さんに失礼だろ」

恥ずかしそうに頬を掻《か》く奏汰。

そんな様子を僕は遠巻きに眺めていた。よくあることだ。顔は一緒でも、そういう経験は全て奏汰が持っていく。

今回だって、きっと奏汰はその小岩井さんとやらとは本当に話したことが無いはずだ。けれど、学校中に奏汰のことは知れ渡っている。

オーラとかそんな不可視なものは信じていないけれど、日頃の行いや表情、振る舞い方で、僕たちはまるで別人のように見えるのだろう。だから、僕と奏汰は他の人からしたら、印象がまるっきり違う。しかし、もし奏汰がいなくても、まあ僕が好意を抱かれるようなことは考えられない。奏汰が人気者なのは、彼が自力でつかみ取った称号だ。僕にはきっと真似できない。そういう才能は奏汰が持っていったのだ。

「俺はどうせなら音子に好かれたいけどなあ」

奏汰がわざとチャラついた態度で、秋永さんに右手を差し出す。冗談めかしたその態度でも、女子にとっては大好物なようで、また一際大きな歓喜の渦が巻き起こる。

「えー、私香水臭い人はちょっとなあ〜」

秋永さんもまた軽くあしらう。きっと奏汰も秋永さんが本気にしないと分かっているから、周りを盛り上げるためにやったのだろう。人気者はいつでもフロアを沸かせなければいけない。さながらＤＪのような存在だ。

「私、奏汰なら全然おっけーなんだけど？　あっ、そうだ。今度の土日、遊びに行こうよ！　二人じゃなくても、みんなでさ」

毎日、後ろから眺めているから分かる。今、声をかけた田上《たがみ》さんは結構本気で奏汰を狙っている、ような気がする。もちろん、僕の勘違いかもしれないけど。

そして、また一週間後くらいに、奏汰に家で相談を受けることになるのだ。

奏汰は僕と同様、恋愛というものに興味が薄いようで、特定の相手はつくらない。誰々が気になるという話すら聞いたことが無い。その難易度の高さが、一層モテる要素になっているような気もするが。

「まあ、別に遊び行くくらいならいいけど……。ただし、栗原もセットで付いてくるぞ？」

奏汰は友達想いのいい奴だな、と目を輝かせる栗原を見て思う。

「やれやれ、奏汰は仕方がない奴だな。じゃ、ダブルデートってことで」

「え～、栗原はいらなーい。自撮りダサい服ばっかりだし。あの七分丈はマジで無い」

「っんでだよ！　別にいいだろーが！」

喧騒と未だ強く漂う香水の匂いに、堪《たま》らず席を立つ。

無論、自然に、この空気を嫌がったと思わせないように。僕たち七割にとっては造作もない。現に、僕は栗原が奏汰の制服に香水を撒《ま》き散らした辺りから、何人かが顔も歪《ゆが》ませずに教室を出て行くのを見た。もしかしたら、他に用事があったのかもしれないから、ここに関しては僕の想像の範疇《はんちゅう》を出ることは無い。ただ、僕は勝手にその人たちを仲間だと思って、教室を出ようとした瞬間、

「おとうとくん！」

心臓が痛いくらい飛び跳ねた。喉が締まり、息がつっかえる。

いつも通り、完璧な抜け方だったはずなのに。しかも、よりにもよって声をかけたのは二割の田上さんだ。

クラスで声の通る彼女が僕の名前を呼んだのだ。必然的にクラス中の視線を一身に浴びることになった。

勘弁《かんべん》してくれと思わざるを得ない。ちょっとだけ、彼女が恨めしくなった。

汗ばむ手を遊ばせ、恐る恐る振り向く。どうやら、僕を見つけて呼んだわけではないらしい。きょろきょろと見渡し、ようやく僕を視界に捉える。

「あ、いたいた。ちょっと来てー！」

田上さんが僕を手招く。

「明日さ、奏汰と音子と遊びに行くんだけど、おとうとくんもどう？」

「えっ、と……、え？」

言葉の意味が理解できなかった。いや、遊びに誘われていることは分かる。という

か、そう言っているんだから、当たり前だ。ただ、どうして僕なのかという人選についての理解が追い付かない。

「あのさ、俺は？　最初に誘われてたの、俺なんだけど？」

「栗原うるさい。そもそも、あんた土日は部活でしょ？」

「はぁ？　そんなん、休んで行きますけどぉ？　部活よりも友情の方が大事だね。奏汰は俺がいないと駄目な子なんだよ」

「下心丸出しのくせに何言ってんだか。小倉《おぐら》先生に部活ズル休みするつもりですって言ってやろー」

「あっ、ちょい！　待てって、洒落《しゃれ》にならん！」

田上さんが逃げるように教室を出て、それを追いかけて栗原が後に続いた。

まだ返事をしていない僕はどうしていいか分からず、奏汰を盗み見た。流石は双子、ばっちり目が合った。すぐに目をそらし、秋永さんを窺う。彼女は少し難しそうな顔をしていた。

奏汰がすっと僕の横に来る。

「なあ、たがみっちは言い出したら聞かないからさ、一緒に行こうぜ」

そう言いつつも、僕には奏汰が申し訳なさを感じているのが分かる。

本当、ロールプレイって面倒だなと常々思う。極力、人間関係を崩さないように立ち回る奏汰に素直に感心する。

「あ、秋永さんは僕が行っても大丈夫なの？」

もっとも、秋永さんに嫌な反応をされることは無いと分かっている。彼女は人を選んで態度を変える人ではないからだ。だから、あくまで確認に過ぎない。

彼女がぱっと顔を上げ、慌てたように顔をつくる。

「あぁ、もちろんだよ！　奏翔くんも大歓迎！　みんなでプリ撮ろ！」

「よっしゃ、俺らでリアル双子コーデ見したるか！」

「え、嫌だよ。恥ずかしい……」

「奏翔がこういう時、何を着るか大体分かるからな。勝手に合わせたろ」

どうして、わざわざ僕なんだろう。僕なんかが行って、いいのだろうか。みんなの雰囲気を壊したりしないだろうか。そんな不安だけが徐々に膨らんでいく。

僕は奏汰のように器用じゃないから、きっとノリを合わせるのも一苦労だ。

奇しくも、僕と秋永さんは似たような表情をしていた。


遊びに行くと言っても、僕らの町に高校生が休日に過ごすような施設は無い。チェーン店はファーストフード系かファミレスしか無いし、カラオケやボウリングだって高校生にとっては懐《ふところ》が痛い価格の個人経営の店ばかりだ。

ただのよくある田舎の観光地。しかも、電車で少し行ったところにもっと有名な観光地が存在する。そんなおまけのような場所。

生まれ育った町ながら、どこに観光要素があるんだと思ってしまう。山と海、それと温泉だけがこの町を観光地だと言い張らせる要因だ。

ただ、それは他の観光地も一緒なのかもしれない。住めば都。声を大にして言いたい。それは違う、と。

約束をした次の日、僕たちは電車を乗り継ぎ、一番近い『街』と言える場所まで四人で来た。都会と定義するにはいささか規模に欠けるが、どうせ夕方までだらだら過ごすだけだろう。

「わーっ、久しぶりに来た！　何か色々と変わってるね！」

テンションの高い秋永さんを、まるで犬のリードを引くように止める田上さん。

「まず何するか決めようよー」

「おっと、それもそうだ。じゃ、何したい？」

「私はやっぱりカラオケとか行きたいなぁ。奏汰とおとうとくんは？」

二人の視線が向く。

「あー、カラオケね……」

奏汰がちらっと僕を見る。そっか、カラオケなんて行く機会が無いから、自分が音《おん》痴《ち》なことを忘れていた。

「僕、歌うの苦手なんだ」

奏汰がそっと息を吐いたのを見て見ぬふりした。

「そっか。まあ、私は何でもいいんだけどね」

頻《しき》りに前髪を直す田上さんの意識は、今日も奏汰に向きっぱなしだ。当の奏汰は気が付いていなさそうだけど。

つまり、僕と秋永さんはダシに使われたわけだ。奏汰一人を誘っても断られるだろうから、複数人それもなるべく奏汰が来そうな面子《めんつ》を選んだ。そうでなければ、秋永さんはともかく、僕が誘われることなどまずあり得ない。

四人で話し合った結果、近くで行われているリアル脱出ゲームのイベントに行くことになった。何人かで協力して、ヒントをもとに謎を解き明かし、その場所から脱出するという体験型イベントだ。

予約制だったので、電話をかけると二時間待ちとのこと。それまで時間を潰《つぶ》すためにファミレスに入る。

当たり前のように僕の隣に座った奏汰。田上さんにちょっとだけ恨めしそうに見られた。

「それにしてもほんと顔そっくりだね。黙っていたらどっちがどっちか分かんないや」

「あー、人生で何度も聞いた言葉だ。双子なんだから当たり前だろ」

そう言う奏汰を一瞥《いちべつ》する。何だか今日は少し落ち着きがなく思えた。

いつもそばで見ているからこそ分かる違和感だ。奏汰の視線がやけに泳いでいる。

そして、その視線の先が秋永さんに向くことが多いような気がした。

「性格は全然違うのにね。胸に張り紙でもしておいてほしい」

「それ本当に分かりみしかない！」

田上さんの言葉に秋永さんが大きく頷く。

基本的にはいつだって僕の立ち位置は変わらない。誰かに話を振られるまでは口を挟まないし、気を遣われたらいち早く察して自分から話す。奏汰は僕のことをよく分かっているから、その分よく喋ってくれるし、田上さんはもはや僕のことは眼中にない。

不意に秋永さんの視線が僕に向いた。

一瞬、心の中で身構えるも目は合わない。どうやら僕を見たわけではなさそうだ。

僕の後ろに席なんかなく、ただ白塗りの壁があるだけだから、それもおかしな話だけど。だって、僕の顔を見たのなら目が合うはずだ。それなのに、彼女の瞳には僕の鏡像は映っていない。

「はぁー、クリスマスもお正月も、彼氏と過ごしてみたかったなあ」

ため息交じりに呟く田上さん。

「ここら辺じゃ、クリスマスに行くようなところもないでしょ」

「も一、奏汰は分かってないなあ。どうせ冬休みなんだから、一緒にイルミネーション見に行ったり、初日の出を見たり色々あるじゃん。ねっ、音子もそう思うでしょ？」

秋永さんは念入りに冷ましていた紅茶を一口、口に運ぶ。

「ん？　私はおうちデート派。人多いところ苦手だし」

「それもめっーちゃ分かる！　いいよね！　一人暮らしの相手の家でだらだら映画とか観るの！」

「たがみっち、それって恋人と二人なら何でもいいってことじゃん」

奏汰の一言に田上さんはやけに嬉しそうな表情を見せる。しかし、それに気が付いているのはどうやら僕だけのようだ。

「そうなんだよ。結局、好きな人となら何だって楽しいはず！」

「栗原くんとかどうなの？　クラスで仲良さそうにしているじゃん」

「あ、それはそう。あいつも彼女欲しがってたぞ」

「いや、二人ともマジで言ってるの？　あの栗原だよ？」

何か栗原が可哀想《かわいそう》になってきた。でも、彼はそういうポジションの存在で、彼もそれを受け入れているように見えるから、むしろいいのか。そんなわけの分からない妄想にふける。

「それより、みんなは恋人欲しくないの？」

田上さんの言葉に一気に現実へと戻された。

「あー……どうだろ」

ちょっと意外だった。奏汰ならいらないと即答すると思ったのに。

「私はびびっと来る人がいればやぶさかでもないかもね」

「えー、何それ。音子ならすぐに彼氏出来るのに、もったいない！」

「私はいいの。それより、奏翔くんは？」

結局、僕の番は回ってこないものだと思ってたのに、秋永さんがしれっと僕に話を振る。

「……僕は別に欲しいとは思わないかな」

「学生最後なんだから青春しようよぉ。でもさ、好みくらいはあるでしょ？」

そう言いながら前のめりになる田上さん。

「俺らは双子だから、好きな人も一緒のはず。俺らが恋したのは唯一、幼稚園のあやか先生だけだもんな」

「いや、僕は別にそこまで好きじゃなかったけど……」

「うそだろっ!? こんなところで双子に差が出るなんて……」

奏汰がドリンクバーを取りに席を立つ。つられて僕もほとんど無意識について行く。流石に三人にされるのはごめんだ。

「音子は？」

去り際に二人の会話が聞こえた。

「んー？　私はねえ、私の全部を受け入れてくれる人かな」

「うっわぁ〜、おもっ」

盗み見た秋永さんの表情は冗談を言った風には見えなかった。重い、軽い、そんな話ではないんじゃないかな。漠然と、そんなことを思ってすぐに頭の隅《すみ》へと追いやった。

二時間というのは思ったよりもあっという間で、すぐに予約した時間になった。

広々とした場所かと思いきや、会場は商業ビルの一角だった。

どうやらゲームは二人一組で行うらしく、すっと横に奏汰が移動してくる。

「あ、ちょいちょい。そうじゃないでしょ」

田上さんが慌てて止める。当たり前だ。この脱出ゲームを最初に提案したのは田上さんだ。きっと事前に色々とプランを練ってきていたのだろう。

「奏汰もおとうとくんも頭いいでしょ。私たち、二人とも馬鹿。つまりさ、」

「たがみっち酷《ひど》ーい。私、サスペンスドラマとかよく見るのに」

「それなら、俺と音子、奏翔とたがみっちで行くか」

その提案は通らないんじゃないかな。そう思った直後、田上さんが秋永さんの手を引き、僕らから離れる。そして、秋永さんに何やら耳打ちをした。

奏汰は首を傾《かし》げていたけれど、僕には何となく内容が想像出来る。

ちらっと秋永さんが奏汰を見て、難しそうな顔で唸《うな》る様子が見えた。その仕草には僕も奏汰と同じように首を傾《かたむ》ける。

「お待たせ、あのさ私と奏汰、音子とおとうとくんでどうかな……？　ほら、私、おとうとくんとそんな話したことも無いから緊張しちゃいそうで」

申し訳なさそうに田上さんが僕を一瞥する。

僕に気を遣わなくてもいいのに。彼女も一生懸命なだけで、根はすごくいい人なのだ。

田上さんの後ろで、秋永さんも奏汰に向けて申し訳なさそうに手を合わせる。それでようやく、奏汰も田上さんの行動がどういう意味か理解したらしい。

「あー……じゃあ、それで行くか」

ここで奏汰に助け舟を出すのは違う気がして、僕は何も言わなかった。先に入っていく二人を秋永さんと見送る。

「流石にあれじゃ、もう告ってるも同然だね」

秋永さんがぼそっと呟く。

「田上さん、元々今日はそのつもりで来ていたんじゃないかな」

「えっ、もしかして、奏翔くんって気が付いてた？」

「まあ、最初から」

平常心、装《よそお》えているだろうか。

「最初っていつなのさ。もしかして、今日ずっと？」

「最初にそうかなって思ったのは二か月前。確信したのは二週間前くらいかな」

「えっ⁉　そんな前からだったの？　全然気が付かなかった……」

やけに凝った装飾の一本道を進むと、一室にたどり着く。中には探偵の服装をしたキャストがいて、詳細なルール説明を受けた。

脱出率は十五パーセントらしい。約七組に一組の割合だ。

結果から言うと、僕と秋永さんは時間をかなり残して脱出に成功した。そうは言っても僕はあまり役に立っていない。ほとんど秋永さんが謎を解いてしまった。彼女に謎解きが得意そうなイメージは無かったから、すごく意外だった。

キャストの人曰く、ここまで早いのは珍しいらしい。

「いやー、難しかったね」

「ほとんど秋永さんが解いていたじゃん。すごいよ、僕は全然分からなかったのに」

「ふふん、勉強が出来なくても、閃《ひらめ》きはピカイチだったね。自分でも知らなかった」

得意げに語る彼女を視界に収めつつ、奏汰と田上さんを探す。もちろん、まだ出てきてはいなかった。

「まだかかりそうだし、どっか入って待とうか」

「……うん」

奏汰に連絡をしておいて、近くの喫茶店に入る。陽の傾き始めた時間帯ということもあって、思ったよりも空いていた。

「私、コーヒー――ブレンドのホット。奏翔くんは？」

「えっと、同じもので」

「おーけー。あっ、チーズケーキも食べちゃお」

注文を済ませ、店員が離れると、自然と沈黙が訪れる。それまで気に留めなかった店内を流れるクラシックがやけに耳に滞留した。

「なんか、ごめんね。今日来てもらっちゃって。こういうの苦手でしょ？」

「いや、秋永さんが謝ることじゃないよ。それにどうせ家に居てもやること無かったし」

なんてつまらない会話だろうか。自分から話題を振ることも出来ない、返答も面白くない。これが奏汰ならば、きっと退屈させない話題を提供出来ていたのだろう。

「奏翔くんって口堅い？」

「堅いというか、柔らかくする相手がそもそもいないよ」

「ふふっ、知ってるよ。実は私もこうやってみんなで出かけるのあまり得意じゃないんだ」

秋永さんは笑いながら言った。ってか、何で僕が口が堅いことを知ってるんだろう。

「でもさ、先週は用事あるって断っちゃったから、今日は行かないとって。こういうの、空気読みみたいなもんじゃん？」

急に彼女に妙な親近感が湧いた。彼女は二割の存在だから、てっきり空気を読むなんて無縁のことだと思っていた。

「そうかもしれないね」

結局、二割の人たちも色々と考えてポジション取りをしているということだろうか。

「もちろん、楽しいことには変わりないんだけどさ。いつも以上に気を張るから疲れちゃうんだよ。みんな私服だし」

「私服だとなんで疲れるの？」

彼女はティーカップを口元に添えて、「あっ……」と声を漏らす。

「私、目悪いからはぐれやすい……とか？」

「なんで疑問形……」

「と、とにかく、私は迷子になりがちなんだよ」

腑《ふ》に落ちない理由だったけれど、秋永さんとはそれを言及するだけの関係では無いから、素直に相槌を打っておいた。

「それにしても恋人かあ。みんなそういうの好きだよね」

「もうすぐ高三だからね。最後に青春したいんじゃないかな」

「まあ、そうだよね。大学生ってなんだか大人なイメージだし。恋愛だって、ちょっと泥臭くなりそう」

彼女の言わんとしていることは分かる。大学生が大人に感じるのは全くの同意だ。早くなりたいような、もったいないような。大人になったら、その先はずっと大人のままだ。子供に戻ることは出来ない。

「でも、中学生の頃って高校生が大人とまでは言わないけれど、すごく遠い存在というか、自分たちとは全くの別物に感じなかった?」

「それ分かるかも！　こんな風になる自分が想像出来なかったし。大学生の自分なんて想像もつかないね。私、一年後にはどうしてるんだろ」

やっぱり、みんな考えることは同じなんだろうか。

ないものねだりとはちょっと違う。高一の時に高二の自分は想像が出来た。しかし、今大学生になった時の自分を想像しろと言われると、それはすごく難しい。

環境が変わり、それによって自分もがらりと変わってしまう気がして、でもどんな風に変化を遂げるのか分からない。

妄想してみる。私服でキャンパスの門をくぐり、自分で選んだ講義を受ける。関わらざるを得ない箱庭のような人間関係は無くて、全てが自分次第。きっと、一人暮らしになるだろうから、帰ったら自分で家事をして、多分アルバイトとかもするのだろう。億劫な歴史だとか、使いもしない数学なんてやらず、とにかく自分の興味のある分野だけ勉強する。

その全てがのっぺらぼうで、まるで自分に置き換えることが出来ない。たった一年と少しで、そんな風に自分がなっているなんて想像もつかなかった。

眼前の彼女も同じように頭の中で映像を流しているのだろうか。ティーカップの中身をじっと見つめ、黙している。

そんな彼女が、不意に言葉を零《こぼ》す。

「怖いね……」

「えっ？」

僕の小さな反応に、はっとした表情で顔を上げる彼女。

「今の声に出てた？」

頷くしかなかった。

「気にしないで」

彼女は一言、そう呟いた。

◇

次の日、もはや日課となった通知音で意識が覚醒《かくせい》する。

月曜日くらい、ゆっくりと寝かせてほしい。そう思うのに、すぐに今日は何を話そうかなんて考える自分がいた。

二回目の通知音が鳴り、いつものように着替えて親を見送る。台所にあったバナナを一本手早く胃に流し込み、支度を済ませた。

玄関の前でスマホを開く。彼女から送られてきた文章を見て、開けかけたドアを一度閉める。

『今日は制服で来て！　出来れば、お洒落して！』

一体、彼女は何を言っているのだろうか。制服でお洒落ってどうしろというのだ。

画面を眺め、思考を止めていると、ポンッという軽い音と共にトークが更新される。

『ちなみにもう公園で待ってるよ！　退屈だから早く来てね！』

理不尽だ。そんなことを思っていると、一枚の画像が送られてくる。海を背景にした彼女の自撮りだった。うっすらと化粧をしているようだ。

彼女はメイクなんて野暮ったいことしなくても十分だと思っていた。しかし、実際にその姿を見ると、花も実もある彼女が一層色づいて見える。

チャットを打つ画面を開き、やっぱり諦める。きっと、僕の反論は通らないだろう。

部屋に戻り、制服に着替え直す。コートを羽織り、マフラーを巻き、一応登校用の鞄も持った。制服にお洒落なんてやりようがない。仕方なく、洗面所でワックスを付ける。固定用のスプレーを一周。本当は一度、髪を濡らし、乾かしてから付けたいところだが、どうせ海風ですぐ乱れるのだ。あまりこだわらなくても大丈夫だろう。

べたつく手をお湯で乱暴に洗い流し、急いで家を出る。幸い、今日は海沿いでも風がほとんど吹いていない。公園に着く前に髪が崩れることは無さそうだ。

彼女の姿は既に暗がりの中に浮かんでいた。スマホの明るいライトが彼女の白磁の肌を照らす。

「お待たせ」

「おっ、来たね。おはよう」

いつもよりじっくりと全身を下から上まで眺め、彼女は頷く。

「よし、いいでしょう。合格！」

満足げな表情で親指を立てる彼女を見ても、その意図はつかめない。

「一体、何をするつもり？　制服ってコート着てても寒いんだけど」

「それを言うなら、私なんてスカートなんだよ？　ま、慣れちゃったけどね」

彼女は特に何かをするってわけでも無さそうだったから、いつも通り隣に腰かける。

凍《こご》える空気を吸い込むたびに喉が張り付くように乾き、肺がちくっと痛む。耳鳴りのような鈍痛も結構不快だ。

「それにしても、やっぱりまだ寒いねぇ」

暗い視界の端で彼女の手が揺れた。僕との間をぽんぽんと叩く。もう少し近くに来いということらしい。恥ずかしさもありつつ、拒むのも違う気がして、彼女のすぐそばまで移動する。

今日は風が無く、潮の香りが薄いせいか、彼女からのふわっとした甘い香りが鼻腔《びこう》をつく。

彼女が僕をじっと見ていた。まだ辺りが暗くて良かったと少し思う。

「……どうした？」

彼女がはっとしたように顔をそらす。

「なんでもないよ。ほら、寒いでしょ？　おすそ分け」

そう言って、彼女は腰に巻くようにしていた明るい黄緑色のブランケットを広げて、僕の膝《ひざ》へかける。

「あと、これも半分ずっこね」

ブランケットの中で彼女の手が触れる。じんわりと温《ぬく》もりが手を伝う。小さなカイロだった。

「あ、りがとう……？」

多分、目に見えてどぎまぎしていたであろう僕に、彼女は小さな笑いを零す。

「どういたしまして」

それから、やっぱりいつもみたいに他愛のないことを話した。今日の体育は持久走だから憂鬱《ゆううつ》だとか、テニスコートで煙草《たばこ》の吸殻《すいがら》が見つかって大騒ぎだったとか。きっと何日も経《た》てばあまり思いだせなくなるような会話。

不思議と退屈を感じない。そもそも、夜明け前は何かをするような時間ではないと思う。一日の始まりである朝に備える合間の時間。どうせすぐにせわしない朝が来るのだから、今くらいは他愛ない会話に花を咲かせてもいいだろう。

「それでさ、春《はる》ちゃん曰く、あっ同じクラスの伊地知春ちゃんね、自分の彼氏がすごいイケメンらしくてね。画像送られてきたんだけど、どう思う？」

見せられた画面には、二人の学生が写っている。観覧車の中で、互いに身を寄せ合って撮られたものだった。伊地知さんと、もう一人は制服で隣町の高校だと分かる。

「どう？　同じ男の子の意見は」

「うーん、どうだろう……。何様だよって思われるかもだけど、とんでもないイケメンってわけじゃないと思う。あぁ、いや、もちろんその方が親しみやすかったりするし、逆にいいって意味だったり」

頭一つ抜けた人って、同性から見ても満場一致になるわけで、画面に写っている男性は人柄は良さそうだけど、みんなが認めるイケメンとは違うように思える。

「そっか、校内一番のイケメンとか言うから気になったのに」

「秋永さん的にはどうなの？」

「ん？　何が？」

「いや、だからこの男性」

妙な間の後、彼女はスマホを引っ込める。

「あー、うん、どうだろ。私、そこらへん疎《うと》いからなあ……。結局、大切なのは内面でしょ。そうだよね？」

随分と曖昧な口ぶりだった。

「まあ、そうなんじゃない？　入りが顔からだとしても、性格とか合わなかったら続かないだろうし」

「だよね、だよね！　いやぁ、君は分かってくれるのか」

彼女が見せたあどけない笑みは、白みだした世界のおかげでほんのりと色づいている。

「秋永さんなら、すぐに恋人くらい出来るでしょ。この前も告白されたとか言ってたし。一人くらい、秋永さんと性格が合う人もいそうだけど」

「んー、ここまで話しておいてなんだけど、私、正直あんまり恋愛に興味無いんだ。正確にはとってもハードルが高いって言うべきかな」

冗談、というわけでは無さそうだった。少なくとも、僕から見れば彼女は本当にそう思っているように感じる。

「僕も興味無いから、分かる気がする」

少しだけ、うそをついた。いや、どうだろう。彼女の隣にいると感じるこの居心地の良さは、みんなが恋愛に求めるものなのか。僕には分からない。

「そっか、それは好都合」

「どういうこと?」

彼女はおもむろにスマホのカメラアプリを起動させる。

「いやさ、彼氏いる子みんなすっごく幸せそうだから、私もどんなものなのかなぁって思ってね」

「……あぁ、なるほど。だから、制服着てお洒落して来いってね」

「理解が早くて助かるよ。こんなの、頼める人が限られてくるからさ。それに、」

「それに……？」

背景の海で、遠くの船が汽笛を鳴らす。画面に映った彼女が僕を横目で見る。

「多分、かっこよさで言えば君も負けてないはずなんだよね。私には分からないけど、クラスのみんなが言ってるの聞くとさ」

「今、とんでもなく失礼なこと言ってるよ？」

彼女がにっと笑う。そして、おもむろに僕の顎《あご》に手を添えて頬を摘まむように押した。その瞬間、スマホが軽い音と共に瞬く。

「はい、次、真似して？」

「え、真似……？」

何を真似しろというんだ。撮影ボタンの上をせわしなく彷徨わせる彼女の指を見て、余計に焦った。

よく分からないまま、自分の頬を押しつかむ。それを見て彼女が声をあげて笑う。その拍子に彼女の指がスマホに触れ、カシャッと軽快な音を鳴らす。

瞬きの後、画面に写真が表示される。自分の変な顔より、彼女の自然な笑みに目が吸い寄せられた。

「そ、そうじゃないって、くふっ……ふふっ……」

「いや、だって真似しろって」

「こうだよ、こう」

彼女が僕の手を取り、そして自分の頬へと持っていく。彼女の顎先に手のひらが触れ、そのまま指が頬へと寄せられる。

心臓が取れるかと思った。指先から伝わる彼女の熱に左腕が痺れる。真冬なのに背中にはじんわりと汗が滲んだ。

「ほい、ちーずっ！」

スマホが二度、瞬く。画面に写し出される僕は、見事に引き攣《つ》った笑みを浮かべていた。おまけに半目だ。酷過ぎて乾いた笑いが零れる。

「よし、これで朝の海デートってことになるかな」

「あ、これでいいんだ……」

「え、気に入らなかった？　決め顔とかやっとく？」

「……いや、別にいい」

まだ熱の残る左手を眺める。握って、閉じて、何度か繰り返した。

「いやらし～」

「な、何が⁉」

僕の左手を取って、彼女がごしごしと握った拳《こぶし》で手のひらを擦《こす》る。

「はい、証拠隠滅！　安心してよ、ちょっと恋人ごっこみたいなことやってみたかっただけだし、学校の人たちには絶対に見せないからさ」

「当たり前だよ。そんなことされたら色々と困る」

彼女は何を思い浮かべたのか小さく笑う。まだ鼓動のうるさい僕は、必死に凪《な》いだ波の行方《ゆくえ》を目で追っていた。

「本当にそうかな。私と君なら、たとえ学校の誰かに見られても大丈夫そうじゃない？　それか、色々と互いに面倒事避けるために、このまま疑似恋人やってもいいよ」

「クラスメートどころか、学年全員の男子から反感を買うことになりそうじゃん。ほら、秋永さん人気者だし」

「それなら、私も同じくたくさんの女の子から恨めしく思われるかもしれないね」

彼女がまっすぐにこちらを見ていた。視線が交わり、居心地が悪くなってすぐそらす。

「そんなわけないじゃん」

「そんなわけあるよ。――ね、奏汰。いや、奏汰くんって呼んだ方がいいかな」

心臓が一度、跳ねるように強く脈を打つ。喉がきゅっと絞《し》まり、驚きの声すら出なかった。同時に底知れぬ罪悪感が芽生える。

彼女はまだ、僕をじっと見続けていた。

「な、何言ってるのさ……」

かろうじて言葉を振り絞る。やっぱり、学校という枠組みが無いと、ポーカーフェイスもままならないらしい。

「言おうか迷ったんだけどね。でも、分かっちゃったのに知らないふりをし続けるのって、私的にはすごく失礼なことかなと思ってさ」

彼女が自分の鼻頭を指先でツンと指す。その動作の意味が僕には分からなかった。

「香水、匂い落ちてないよ？」

はっとした。そして、次の瞬間には、喉元まで出ていた誤魔化しの言葉を呑み込まざるを得なかった。

数日前の教室での出来事がフラッシュバックする。思わず、制服に顔を近付ける。強めに鼻から息を吸い込むと、微かにフローラルな香りが鼻腔を刺激した。栗原に吹きかけられた香水の匂いだ。

うかつだった。土日もずっと香水の染みついた制服を部屋の中にかけていたから、鼻が麻痺《まひ》していた。あの時、奏翔は香水がかかるところにいなかったし、僕が奏汰だと彼女はすぐに気が付いたはずだ。

焦りに、先ほどまでのどぎまぎした気持ちなんてものはとっくに消え失せていた。

「……ごめんね？」

沈黙を破ったのは彼女だった。

「いや……えっと……」

言葉が出てこない。まだ、どうにかはぐらかそうとしている自分が情けなくて、あまつさえ僕が謝らなければいけない相手から謝られて。

なんて惨《みじ》めなんだろうか。でも、それ以上にこれまでの彼女との関係が崩れてしまうことが、何よりも恐ろしかった。

「嫌な思いさせちゃったよね。本当にごめん」

「ち、違う！　僕が、悪いんだ。秋永さんが謝る理由なんてどこにもなくて。僕の方こそ、ずっと騙《だま》していてごめん……」

どんどん声が小さくなっていき、最後の謝罪は言った自分ですら聞き取りづらかった。そんな僕を見て、彼女はむず痒《がゆ》そうに頬を掻く。

「どっちが、本当の奏汰くんなのかな？」

その質問に答えるのはとても難しかった。だって、今の僕は紛れもなく奏汰という人間だけど、じゃあ学校での僕はそうじゃないとも言えない。

本当の自分って何なんだろう。偽《いつわ》った姿は本物じゃないのか。どこからが偽ってない自分なのか、僕にはもう分からない。それくらい、〝俺〟の時間も長いのだから。

「分からない……。だけど、素の自分って言われたら、きっと今がそうなんだと思う。

学校での奏汰になるにはちゃんと準備というか、気合入れみたいなものが必要なんだ。常に注意を振り撒くセンサーを出してるってイメージで」

その言葉になぜか彼女は大きく頷いた。まるで、共感できる。そう言っているみたいだった。

「じゃあ、あの日、灯台の上で私が話しかけた時に奏翔くんのふりをしたのは――」

「そうだね、とっさのことで〝俺〟になれなかったんだよ。バレたくない、これをきっかけに学校での自分が変わるのが怖い。そんな思いで、僕は名前を偽った。本当、最低だ……」

ゆっくりと彼女が首を横に振る。

「そんなことないよ」

「でも、実際に幻滅したでしょ？　学校ではあんなに明るく振る舞ってるのに、全部演技なんだ」

まるで僕の正体を暴くように、東の空が白み始めていた。

どうしてか、彼女はちょっと不服そうに頰を膨らます。

「人間、一つや二つくらい隠し事があって当たり前じゃん。それに、そんなことで私が君に幻滅したり、縁を切るとか思われていることの方が心外だなぁ」

「いや、そういうわけじゃ……」

「じゃあ、奏汰くんはあの日、死のうとしていた私を見て、がっかりした？」

「……してない」

そう言われてみると、疑問はあったけれど、彼女に失望したわけではなかった。

「ほらね。だから、この程度で私が奏汰くんに対してのイメージが変わるわけじゃないよ。さっきも言ったでしょ、私は外見よりも中身重視派だから。こんな目を離せば死のうとするような私に寄り添ってくれる優しくて、すごく変な人。それが、私の中での君の姿だよ」

まっすぐに伝えてくる彼女の言葉がとても温かくて、もう偽ろうとする自分はいなかった。

「うん……。ありがとう」

気が付けば、感謝の言葉を口にしていた。何となく、自分という存在が認められた気がしたから。

「両方の奏汰くんを知っているのって、私以外に誰がいるの？　奏翔くんは知っているはずだよね？」

「そうだね。奏翔と、あとは中学の元担任くらいかな。親も多分、知らないと思う。学校でのことはあんまり家では話さないし」

「ふーん、そっかぁ……」

彼女は嬉しそうに顔を明るくする。

「どうしたの、急ににやにやして」

「ふふっ、何だか嬉しいなって。今日は死ななくて良かったって思えたよ」

僕も彼女も、互いに隠しているものがある。誰しもが、全てを曝《さら》け出せるわけじゃない。欺いて、欺かれて、自分すらも誤魔化して生きている。

こうして毎日彼女と過ごすことで、いつかは互いの他の秘密にも触れてしまうのだろうか。それは堪らなく怖いことだし、恐ろしい。

それでも、僕は彼女の秘密を知った時は、きっと受け入れるだろう。彼女が僕に対してそうしてくれたように。

彼女の手帳を見てしまったのは、それから数日後のことだった。


『釣りってやったことある？』

彼女から初めて夜に届いたメッセージはそんな文面だった。

随分と回りくどい言い方だ。そして、とても分かりやすくもある。だから、僕は納屋にしまった釣り竿《ざお》を捨てていないことを思い返し、返信した。

『あるよ』

『やってみたい』

『旨い物は宵《よい》に食えってことだよ。魚食べれないけど』

『じゃあ、思い立ったが吉日でいいじゃん』

『正論ぱーんちっ!』

海月がコミカルにパンチをしている絵のスタンプが送られてきて、思わず一人で笑ってしまう。

『とにかく、明日やろうよ。私、もっと幸せになってみたい』

どういう意味だろう。でも、確かに彼女が釣りを好きになってくれれば、ちょっとは希死念慮も薄まるだろうか。そんな思いと、単純に彼女と何か新しいことをするという喜びを隠して、素っ気なく『了解』とだけ送る。

時計に目を向けると、夜の八時をちょうど回ったところだった。釣具店はもう閉まっているし、明日の朝ではまだ開店していないだろう。

適当な服に着替えて家を出た。何てことのない時間のはずなのに、すごく新鮮な気持ちになる。見ている景色は夜明け前と違いが分からない。真っ暗で、時折通過する車のライトだけが、ノスタルジックな雰囲気を壊す。けれど、空気が違った。匂いなのか、鼻から吸い込んだ空気はやけに重たく思える。朝の空気はとても軽い。きっと、誰に言っても伝わらないのだろう。

『随分と急だね』

少し歩き、海岸沿いの釣具店に向かう。やっぱりシャッターは下りていた。横をぐるっと回って裏口の戸を叩く。ややあって、向こう側から足音が聞こえてきた。気怠《けだる》さが伝わってくる不規則な歩調だ。

建付けの悪い古めかしい扉《とびら》が鈍《にぶ》い音を立てて開く。目元に大きな隈《くま》を刻んだ男性が姿を見せた。

「こんな時間に誰だ……って思ったら、なんだ加賀《かが》じゃねーか」

「お久しぶりです。先生」

「……まあ、入れや」

ぼさぼさの髪を掻きながら背を向ける先生。その指先は黒く滲んでいた。

中学三年の時の担任であり、元教師。確か、二十八歳とか言ってたっけ。僕らが卒業すると共に、一身上の都合ということで教員を辞めた変わり者だ。生徒に理由は告げられなかったけれど、僕は先生がなぜ公務員という安定的な職を自ら降りたのかを知っている。

「どした、さみぃから早くしろ」

「お邪魔します」

後ろ手で扉を閉める。

先生の猫背な後ろ姿には、担任だった時の生真面目《きまじめ》な雰囲気は残っていない。でも、僕はこっちの姿の方が似合っているなと思ってしまう。

何を聞くでもなく、先生は廊下の突き当たりの部屋に入る。後に続いて足を踏み入れると、煙草の臭いが微かに鼻につく。木造の一室には似合わない大きなデスクトップパソコンと、付随する機材が最初に目に入る。デスク横に置かれた紙束、横にずらしたキーボード、代わりに正面に置かれた大きなタブレット板。確か、液タブと言うんだったか。

先生はパソコン前の椅子に身体を沈めた。

僕はいつもの如く、大きな本棚の横に置かれた藍色《あいいろ》のソファーに腰を下ろす。

「最近、来なかったじゃねえの」

「四月で高三になりますからね。色々と忙しいんですよ」

「おいおい、もうそんな経つのか。早ぇなあ。進路は決めたのか？」

真っ先に聞くのが進路な辺り、教師癖がまだ抜けきっていないように思える。もっとも、教え子が目の前にいるのだから、当たり前なのかもしれない。

「東京の大学にしようかと」

「兄貴の方も？」

「奏翔とは志望校は別々なんで、一人暮らしになりますかね。別に一緒に住んでもいいけど、もう大学生ですし」

先生は何を考えているのか、天井の木目をぼんやりと眺め、煙草に火をつけた。ちょろっと開けた窓から逃げるように消えゆく煙《けむり》。

「大学か。いいんじゃね？　俺が学生時代で一番楽しかったの大学の時だからな。きっと楽しいはずだぞ」

「そうなんですか？」

「まあ、俺も加賀と同じようにこの町で育って、田舎に飽き飽きして都会に出た口だからな。一人暮らしは気楽でいいぞ。男友達と徹夜でゲームしたり、彼女が入り浸って半同棲みたいになったり、実家じゃ考えられないことばっかりだったな」

随分と懐かしそうに語るけれど、先生にとってはまだ六年前くらいの話のはずだ。しかし、僕だって六年前といえばまだ小学生。妙に納得した。小学生の頃なんて、確かに懐かしい。遠い昔のように思える。

「想像出来ないんですよね、大学生の自分」

「そりゃ、そうだろ。想像出来たら面白くもなんともねぇ」

先生は手元の紙に目を落とし、興味無さそうに言った。

「そういうものですか」

「俺だって、教師になったばかりの時は、今のこんな自分なんて想像出来ちゃいなかったよ。教え子に言うのもなんだが、教師になったのは言っちゃえば何となくだったからな」

相変わらず、先生は僕の中の教師像というものをことごとく破壊してくれる。

「あの、一つ聞いてもいいですか？」

先生は煙草を吸いながら、顎で話してみろと合図する。

「大人になるって何ですかね」

「おいおい、急に人生相談かよ。俺が担任の時にしてくれよ、そういうの」

「まあ、そうなんですけど、恥ずかしいじゃないですか」

先生は短くなった煙草を灰皿に押し付け、窓を閉める。古めかしいエアコンの稼働音が一気に大きくなった。

「分からなくないけどな。俺だって思春期があったわけだし」

「それで、どうなんですか？」

「大人ねえ……」

先生は考えるように首を傾げた。

「一般的には思慮分別があるとか、心身の成熟ってことなんだろうが、聞きたいのはそういうことじゃねえよな？」

「まあ、はい……」

「じゃあ、俺にも分からん」

あまりにもあっさりと切り捨てられ、あっけらかんとしてしまった。そんな僕を見て、先生が続ける。

「加賀の言う大半の大人は、自分のことを大人だなんて思っちゃいねえよ。少なくとも、俺はまだ自分のことを大人だなんてこれっぽっちも思わないね」

「どうして、なんですか？」

「気が付いたら、こうなっていただけだ。ベルトコンベアーみたいに流されて大学の四年間が過ぎ、周りを真似して別に熱意もクソも無い教師という職に就いて、まだ学生気分のまま中学生の面倒見て――」

先生は少しだけ言い淀《よど》んだ。僕をちらっと見て、まあいっかと言うように息を吐く。

「俺も加賀くらいの時は教師ってどう見ても大人だったんだよ。そりゃ、そうだろ。あんなに来る日も来る日も教養を垂れ流して。どうやっても逆らえないし、こっちが何かすりゃ、聖人君子の如く正論を振りかざす。だろ？」

これは頷いてもいいものなんだろうか。

「た、確かに？」

「でもよ、実際に自分がその立場になったら分かるんだよ。結局、中身は学生の時とそんな変わらないんだなって。俺みたいに人の目気にして、何となしになった奴だっていっぱいいるし、飲み会になったら愚痴大会。教師間のいざこざは日常茶飯事。どこが大人なんだよって話だろ？」

これも取り繕うってことなんだろうか。空気読みの延長。むしろ、学生時代の箱庭生活は社会に出た時の予行演習とでも言うのか。

本棚を目でなぞる。棚いっぱいに陳列された少女漫画。もう三分の一ほどは読んだだろうか。外では口が裂けても言えないが、読んでみると結構面白い。何なら、少年漫画とか青年漫画より、僕は少女漫画の方が好みだ。

教師を辞め、実家の釣具店を営みながら少女漫画家を目指す人。それが、先生——芦馬《あしば》恭治《きょうじ》というわけだ。

教師の時の風格は薄れ、隈も一層濃くなった。それでもその姿が似合ってしまうのだ。

自分を曝け出すって、そんなに簡単なことじゃないと思う。

もちろん、今の自分が思春期真っただ中で、この気持ちもそれに由来するものだと分かっている。では、この思春期はいつ終わりを迎えるのだろうか。明日か、一年後か、もしかしたら十年経ってもまだ続いているかもしれない。

少し、怖いなと思ってしまった。

一体、僕はどうなりたいのだろう。それすら分からない。迷って、悩んで、立ち止まり続けている。踏み出したと思ったのに、結局その場で足踏みをしているに過ぎない。

だから、逃げるように誰もいない灯台を上った。死にたい、とはやっぱり思っていなかった。でも、僕が死ねば色々と解決するのではないか。その一心があって、傍《はた》から見ればそれは希死念慮を抱く人と同じに見えて、だから彼女は「順番待ち」なんて言ったのだろう。

「先生はどうして漫画家になろうと思ったんですか?」

今度は先生と目が合う。

「教師の時、思ったんだよ。あー、このままこの生活が定年まで続くのかってな。想像して、次の日には辞表を出してた。……ただただ、もったいないなぁと思ってな」

重たげな瞳が、じんわりと小さな火種を蓄《たくわ》えているように見えた。

遅くなる前に、先生は僕を追い出すように帰した。釣り具を買いに来たというのに、危うく忘れてそのまま帰るところだった。何を思ったのか、ちょっとだけ値引いてくれた。いつもはそんなことしてはくれないのに。

来た時と何ら変わらない夜道を歩く。やっぱり、ちょっと空気がもたついていた。

帰り際に先生が言った言葉が耳を離れない。

「若い時の苦労は買ってでもせよ。ありゃ、間違いだ。正しくは、若い時の一歩は勇気が無くてもさっさと踏み出せ、だな」

それってつまり、思い立ったが吉日なのではないだろうか。

大方の予想通り、フードパックに入った砂交じりの磯目《いそめ》を見て、彼女は間抜けな悲鳴をあげた。まだ真っ暗な堤防を一歩後ずさりにして、僕を睨みつける。

「きんっっっも！　何このミミズ！　脚生えてるし！」

「そんなこと言われても……。というか、ミミズじゃないんだけど」

似つかわしくない言葉遣いが、如何《いか》に彼女が動揺しているのかをよく表していた。

絡み合って団子状になった磯目を一匹つかみ、釣り針に括《くく》り付ける。肩越しに恐る恐る見ていた彼女がまた小さく声を漏《も》らす。

「魚って、こんなの食べるんだ……」

「そう言われると、魚の方が気持ち悪いのでは？」

もう一本の竿《さお》にも餌《えさ》を付け、片方を彼女に手渡す。

「うへぇ……」

最大限に手を伸ばして竿を受け取る彼女。

「それじゃ投げられないでしょ」

「いや、だってさ、糸がぷらぷらして――ひぃっ!?　こっち来ないで！」

釣り針の揺れに合わせて左右に身体を振る姿は、シャドーボクシングでもしているんじゃないかと思えて、じわじわ込み上げるものがある。

「両手を右肩の上に持ってきて、後は竿を前に振るだけだよ。流石にテレビとかで見たことあるでしょ？」

「で、でもさ、奏汰くん、それだと糸は後ろに行くわけじゃん？」

「そうだけど？」

「このミミズみたいなのが、急に針から外れて私に襲《おそ》いかかってくるかもしれない！」

すごく真剣な眼差しで言うものだから思わず声が漏れる。すると、彼女は白磁の頬を膨らませ、「笑いごとじゃないよ！」と言ってよこす。

「まあ、確かに活きがいいとたまに噛《か》むよ」

「ほらほらぁ！」

今の話は別に繋がっていないような。そう思いながら僕は自分の竿を放った。仕掛けが放物線を描いて遠くへと飛んでいく。リールが糸を吐き出し、水面に波紋を浮かべると同時に鳴り止む。

「はい、たまに軽くリール巻いて」

竿を彼女に手渡す。代わりに彼女の持っていた竿を受け取って、それも放る。

「ねえ、どんなのが釣れるかな」

姿が見えなければ磯目も怖くないのか、彼女は堤防の縁に腰かけ、足をぱたぱたと揺らす。

揚々《ようよう》とした面持ちの彼女には申し訳ないが、冬場の朝は釣果《ちょうか》が望めない。一匹だって釣れるか怪しいところだ。

「さあね。カサゴとか、三月に入ったからアジとかじゃないかな。後はやたらクサフグが釣れるけど」

「へえー、楽しみだなあ」

案の定、三十分経ってもかかる気配すら見えない。今のところ彼女が二回ほど根掛かりで地球を釣ったくらいだ。海中の岩に針が引っかかり、リールが重くなるからその都度、彼女は嬉しそうに「魚来た！」と言っては勘違いに気が付きしょぼくれていた。

東の山向こうが白み始める。世界が藍色に色づき、海鳥と鳥のやかましいパレードが始まった。

釣りをしながらというものの、僕と彼女の朝は竿を持っているということ以外は何ら変わらない。二人の間をぽつぽつと中身のない話が行き交うだけだ。

「釣れないねえ……」

彼女が囁《ささや》くように呟いた僅か数秒後、竿を握る手にわずかな振動が届いた。そして、竿の先端がほんのちょっとしなる。

「僕の……来たかも」

「何が？」

「いや、何がって魚」

「えっ、ほんと⁉」

十分にじらし、竿を一気に振り上げる。山なりに曲がるカーボン製の竿と、手に伝わる抵抗するようなブルっという振動に当たりを確信した。

「はい、こっち持って」

彼女の竿を片手で奪い取り、手早く自分の竿を渡す。

「いいの？　え、でもどうしたら」

釣りをしたいと言いだしたのは彼女だ。僕が最初に釣ったって意味が無い。それよりも、早く糸を巻かないとバラけてしまう。

竿を置き、彼女の手に自分の手を添える。そのまま彼女の手を握ってリールを手早く回す。

「わっ、ちょっと重いかも！」

「そりゃ、かかってるからね」

抵抗が感じられる糸が徐々に手前に絞られていく。そこでようやく自分のしていることに気が付いた。とっさに手を離す。じんわりと残る熱に手汗が滲む。

「ごめっ……」

「何が？　それより、まだ？」

「多分、もう少し。まだ巻いて」

ほどなくして、海面に影が揺らぐ。

「な、何か見える！」

やがて、それは姿を鮮明に見せた。するっと宙に飛び出た、手のひらより少し大きい魚が宙ぶらりんでぴちぴちと尾を動かす。

「わぁーっ！　ど、どうすればいい？」

「糸を持って、そのままこっちに引き寄せて」

彼女は言われた通り手を伸ばし、糸を手繰《たぐ》り寄せる。

釣れた魚をまじまじと眺める彼女はなぜか随分と息が上がっており、達成感に満たされたような充足した表情をしていた。

「と、とったどー！　ね、これ何て魚？」

僕は魚の口元を押さえ、針を取って海水を汲《く》んだバケツに入れる。暗緑色《あんりょくしょく》の背に、銀白色《ぎんはくしょく》の腹。背中を沿うように生えるトゲのある硬い鱗《うろこ》。

「マアジかメアジか……。何にせよ、アジだね」

「おぉー！　これが噂《うわさ》のアジですか。って、そんな有名な魚釣っちゃったの!?」

「アジは比較的どこでも釣れるポピュラーな魚だよ」

「ふむふむ、君は食いしん坊だなあ」

まじまじと眺める彼女は思いだしたかのように急いで鞄を漁る。ぼろぼろと荷物が顔を見せては鞄から出てくる。リップやら、ノートやら、そんなのお構いなしにスマホを取り出して、僕に手渡す。

「ね、持ってるとこ写真撮って！　ＳＮＳにあげたい！」

「いいけど、背中はトゲがあるから気を付けて持ってね。普通に手が切れるよ」

「噛んでくるミミズと言い、釣りって危ないんだね」

ミミズじゃなくて、磯目ね。と心の中で独り言《ひとご》ち、彼女に持ち方を教える。

「うわっ、ぬめぬめしてる。ちょっとグロイかも……。早く撮ってぇ」

「はいはい、ちょっと待って」

かじかむ手でスマホを落とさないように支え、彼女に向ける。フィルター越しに映る彼女は、ちょうど明けた空に負けないくらいの眩しい笑みを浮かべていた。無意識に惹《ひ》きつけられる。

まるで、僕には毒のように感じた。

何枚か写真を連写しておく。

「うへぇ、生臭い。手、洗ってくる！」

そう言い残し、彼女は小走りで一目散に手洗い場へと行ってしまった。

とりあえず、何とか一匹でも釣れて良かった。

強い風に彼女の鞄からリップクリームが転がったのを、咄嗟《とっさ》に手で押さえる。危うく海に落ちるところだった。跳ねる心臓を撫で下ろし、少し考える。飛ばされても厄介《やっかい》だと。散らばる彼女の荷物を鞄に戻していく。

まとめられていない化粧品やら、お菓子のごみなど、どうやら彼女は整理整頓が苦手らしい。

その時、一冊の分厚い手帳が風でパラパラと捲《めく》れる。

見るつもりはなかった。ただ、目に入ってしまっただけ。思わず手を止める。

――迫子杏南《さこあんな》　同級生二組
黒髪肩くらい、おさげメイン、たまにポニテ。色白。スカート腿《もも》くらい。
身長同じくらい（156㎝）。細身。右手首にほくろ。声：高めちょいハスキー。
呼び方：ねこ
――佐藤賢人《さとうけんと》　同高一個下
黒髪短髪、硬そう。セット無し。よく腕まくり。日焼け肌。制服着崩し無し。
身長結構高い（178㎝くらい）。細いけど筋肉質。右首付け根にやけどの痕。ピアス穴右あり。声：結構低い。
呼び方：あきなが先輩
――須藤《すどう》先生　数A
黒髪センター分け、セットあり。指輪あり。眼鏡《めがね》あり（黒縁）。紺色のスーツ。ワイシャツはストライプメイン、たまに無地。
身長ちょい高い（172～174㎝くらい）。細身。整髪料の匂い（リキッド系）。
声：ちょっと低め。
呼び方：あきなが
※宮野《みやの》先生と間違いやすい！　注意！

開かれたページにはびっしりとたくさんの人の名前と特徴が綴《つづ》られていた。それもかなり詳しく。知っている名前もたくさんあった。

あまりに奇妙な手帳に、口は開けど言葉が出ない。理解のし難いものだった。けれど、見てはいけないものということは間違いないはずだ。

彼女は人間観察が趣味なのだろうか。

言葉にならない複雑な感情がわだかまる。そして、同時に気になった。なぜか、見たら後悔するような気がした。けれど、僕の手は止まらなかった。ゆっくりとページを遡《さかのぼ》る。
そして、その名前を見つけた瞬間、息が詰まるような感覚に陥《おちい》る。

——加賀奏汰　同級生一組
黒髪耳にかかるくらい。前髪横流し。セット無し。着崩し無し、ワイシャツボタン
一つ開け。
身長ちょい高め（175cmくらい）。細身。双子。声：普通くらい。よく通る気が
する。
呼び方：ねこ、たまにあきなが。
※間違いやすい！　マジで注意！

——加賀奏翔　同級生一組
黒髪耳にかかるくらい。前髪横流し。セット無し。着崩し無し、ワイシャツボタン
たまに一つ開け。
身長ちょい高め（175cmくらい）。細身。双子。声：普通くらい。よく通る気が
する。
呼び方：あきながさん。

※間違いやすい！　超注意！

何を感じたわけでもないけれど、少し複雑な気持ちになった。他人からの外見の評価を文字にして見る機会なんてそうあるものじゃない。人には、少なくとも彼女には僕らはこの文章の通りの人物なのだろう。当たり前だが、書いてあることは奏翔とほとんど一緒だった。

「ありゃりゃ、見られちゃったか……」

風に吹かれて飛んでいきそうな小さな呟きに、耽《ふけ》る意識が引き戻される。顔を上げると、彼女が少し離れて立っていた。その表情にいつもの明るさは無く、どこか冷静に見える。なぜか、灯台の上で声をかけられたあの日を思いだした。

世界から音が消える。やかましいくらいの海鳥の声も、波のさざめきも、自分の鼓動すら聞こえない。

「それ、」

彼女の透き通った声だけが、僕の世界を支配する。手元の手帳が音もしない風で捲れた。

「……ごめん。風で飛ばされそうだったから……」

自分の声がまるで水中の音みたいだ。くぐもって、やけに反響する。自らの口から発せられたはずなのに、すごく遠くに聞こえた。

「そっか。ありがとうね」

彼女は真顔を崩し、口元をきつく結んで、それからいつも通りの笑みを零す。

今さら、中身は見ていないなんて言い訳が通じるはずは無いし、したくもなかった。僕には理解しがたいけれど、きっとこれは彼女にとって秘密であり、とても大切な物のはずだから。

「返すよ。このことは誰にも話さないから。でも、本当にごめん」

彼女は何も言わずに手帳を受け取った。優しい手つきで表紙を撫でる。

「……何も聞かないの？」

どきっとした。聞かないのではなく、聞けない。触れてほしくないであろうことに足を突っ込む勇気は、僕には無かった。だから、彼女から尋ねられて痛いくらいに心臓が大きく鳴った。

「聞かない方がいいのかなって思って……」

「やっぱり、君は優しいね」

「そんなんじゃない。憶病《おくびょう》なだけなんだよ」

「私が優しいと感じたんだから、それでいいんだよ」

彼女は堤防の縁に腰かけ、足を投げ出す。いつかのように隣に来いと、手で地面をぽんぽんと叩く。

横に並んで座る彼女は、やけに涼し気な表情で僕を見つめた。

どうしてだろう。その瞳の中に、僕の表情が見えない。

「ねえ、奏汰くん、今どんな顔しているの？」

「えっ……？」

「笑ってるわけはないよね。怒ってる？　それとも、しょんぼりしてる？　大穴は変顔かな？」

まるで他愛のない話だとでも言いたげな、軽いもの言いだ。

「言ってる意味が、よく分からないんだけど……」

彼女はふっと柔和《にゅうわ》な笑みを浮かべる。その表情が、どうしてか僕にはとても辛そうに思えた。笑っているはずなのに、瞳の奥は悲しそうで。大げさに言えば、死期を悟った囚人《しゅうじん》のようだった。

「私、人の顔が見えないんだ」

自虐《じぎゃく》じみた微笑みに、なぜか胸が痛んだ。怖くて、中々言葉が出ない。そんな僕を、彼女はじっと待ってくれた。

「……言葉通りに受け取っていいの？」

「そうだよ。私は生まれつき自分以外の人の顔が認識できないんだ」

ちかっと水面が輝いた。朝陽が彼女の素顔を照らす。気が付けば、山向こうから陽《ひ》が覗いていた。

彼女の秘密を知って迎えた朝はちょっぴり生臭く、とてもじゃないけれど最高とは言い難いものだった。

彼女は『相貌失認《そうぼうしつにん》』――別名『失顔症《しつがんしょう》』という病気らしい。人の顔が覚えられない、分からないのが主な症状だ。生まれつきの先天性と、事故や何らかの要因によって起こりうる後天性があるみたいで、彼女はその前者だった。

症状は人によって差があるようで、ある人は表情までしっかり見ることができるし、認識できるけど、時間が経つとすぐに忘れてしまう。また、ある人は他人の顔にもやがかかっているけれど、じっと注視すれば認識できるなど、千差万別みたいだ。

彼女は自分以外の他人の顔にもやがかかって見えるという、症状としては重度のものだった。目や鼻、眉など顔のパーツすら分からず、身体つきや髪形、特徴的な癖、話し方など、色々な要素を踏まえて人を認識しているらしい。

そう教えられ、彼女が会った時に必ず全身をすっと見る癖も、まさに今大事そうに抱えている手帳にも納得がいった。同時にどこかやりきれない思いを覚える。

当の本人はむしろ伝え足りないようで、僕が話す隙すらなく、諳《そら》んじるようにすらすらと語り続けた。

「私はめっちゃひどいタイプらしいけど、病院の先生曰く百人に数人はこの病気らしいよ。最初は悲劇のヒロインだなんて思ったけど、実は結構ポピュラーなんだよね」

つまり、僕らの学校内でも何人かは彼女と同じ病気ということになる。しかし、僕は『相貌失認』という病気だと自覚している人に今まで出会ったことがなかった。

もしかしたら、彼女と同じように隠しているだけかもしれない。しかし、大半は軽い症状の人が多いらしく、人の顔を覚えるのが苦手程度の認識で、自らがれっきとした病気だと知らない人もたくさんいるのだろう。

僕は彼女の話にただ相槌を打つことしか出来ない。聞いていい範囲の見定めがずっと分からないでいた。

「大変な病気なんだね……」

ややあって、結局そんなありきたりな感想を述べるしかなかった。

「別に大変とか感じたことないけどなあ」

「つ、辛くはないの？」

「だって、生まれつきなんだもん」

彼女は即答した。そう言われれば、そうなのかもしれない。

辛い、大変、そんな同情的な考えは僕の偏見だ。彼女の日常を、僕が勝手に暗く解釈してしまったに過ぎない。

「見えないのは顔だけなんだよね……?」

「そうだよ。どうしてなんだろうね。だから、声とか、髪形とか、服装で人を見極めるんだよ」

だから、灯台で出会った時の彼女は最初に敬語だったのか。僕が制服を着ていなかったから、見ず知らずの人だと彼女は判断したわけだ。彼女がクラスの全員に態度が変わらないのも、もしかしたら人を間違えないようにするためなのかもしれない。

「みんなだって、後ろ姿とかの時はそうやって判別するでしょ? 同じだよ。私はそれを正面からでもやっているだけ」

分かりやすい例えに、ようやく彼女の世界を少しだけ想像することが出来た。それが生まれつきとなれば、確かに悲観することもないように思える。

しかし、それでもやっぱり僕はどうしても可哀想だと感じてしまう。

失礼なことなのは分かっている。でも、すぐにこの考えを割り切るのは難しい。だって、僕は今だってこうして彼女の顔を見ることが出来ているのだから。

聞いてみたかった。でも、聞いちゃいけないことだった。もしかしたら、彼女を傷付けるかもしれない。それでも、天秤にかければ本当にわずかに傾《かたむ》いてしまった。

「そ、その……いじめとか、そういうのは……」

訥々《とつとつ》と話す僕に、彼女は「残念ながら、ね」と呆れたように息を吐く。

「小学生の時に一度だけクラスのみんなにバレちゃったんだよ。隠してたつもりだったんだけど、当時は要領も悪くて、よく人を間違えちゃってたし」

バケツの中でじっとする魚を、彼女はバケツ越しにツンと突く。水面がわずかに揺れるが、当の魚はじっとしたままだった。

「ここで私が大層な物語の主人公だとすれば、壮絶ないじめにあうわけ。頭から水を被ったり、ノートをびりびりに破かれたり。先生は見て見ぬふりしちゃってね。そうなっていれば、それこそ別の意味で飛び降りたくなってたのかもしれないかな。そんな別ルートも、多分あったんだよ」

「でも、そうはならなかったんでしょ？」

彼女は目を伏せる。いじめが無くて良かったはずなのに、すごく悲しそうに見えた。

「そうだね。私は主人公でもヒロインでもないからね。でも、結果的に私はいじめを受けるのと同じくらい傷付いたんだよ？」

「……どうしてって、聞いてもいいのかな」

彼女は僕を見てくすっと笑う。

「ただ、ひたすらにみんな優しかったんだ。変に気を遣われてさ、とにかく豹変《ひょうへん》したみんなの優しさが気持ち悪くて、私にとっては本当に辛くて、こんな思いをするならちゃんと隠し通そうって決めた。結局、今日またバレちゃったけどね」

彼女が僕に向き直る。僕は動けないままでいた。

「おはよう！　あっ、私、夏奈《なつな》ね。音子ちゃん気を付けて。今日、飯田《いいだ》先生初めて見る服着てたから」

わずかに高く作った声だった。そこに感情は見えない。

「どう？　これ毎日色んな人にやられたよ」

返事が出来なかった。僕が彼女の立場で想像したとして、正しく彼女の辛さを理解できないのに、どうして答えられようか。

「私は何でこんなに毎日色んな人に気を遣われているんだろう。私って、そんなに辛くて、可哀想に見えているのかな。そんなことを毎日考えて、みんなのことが好きじゃなくなっちゃった」

彼女はうつむき、自嘲《じちょうてき》的な笑みを浮かべる。

善意が人を傷付けるって言うけれど、その傷がどれほどのものかは本人にしか分からない。だから、僕も彼女に安易に言葉をかけられなかった。何が彼女を傷付けるナイフになるのか、僕はまだ理解しきれていないのだから。

「でも、本当はただ優しくしてくれただけの、何も悪くない人たちを拒絶する自分が一番嫌いなんだ。だって、そうでしょ？　優しい人たちを嫌って、もちろん優しくない人たちは好きになれなくて、私という存在がどんどん醜《みにく》くなっていく。それが、本当に耐えがたかったの……」

痛いくらいに彼女の気持ちが流れ込んでくる。それでも、やっぱり彼女の辛さを全ては想像しきれない。どうやったって、この痛みは彼女の感じる一部に過ぎないのだろう。

「私は普通でいたいだけなのに、ね……」

普通か……。

「普通じゃないってのは、僕もある意味では一緒だから、ちょっとだけ分かるかも……。双子だと色々比べられて、自分たちでも無意識に優劣を決めて、その度に大事なはずの奏翔にうんざりして。でも、やっぱり秋永さんと同じで、そんな風に思う自分が一番大嫌いなんだ」

僕の言葉に彼女はきょとんとし、ややあって思いだしたように声をあげる。

「そうじゃん！　私たち、似た者同士ってこと？」

「どうだろ。ある意味では、そうなのかな」

「こんなところにいたのか同志よー！」

バケツの魚がやけにせわしなく回遊し始める。すっかり昇った太陽を見て、今日学校があったならとっくに遅刻だなと思った。でも、そんなことどうでもよくて、僕はぱたりと倒れて背中を地面に着けた。

彼女は嬉しそうな顔で、僕を真似て寝転がる。

空が近い。手を伸ばしても届きそうとは言わないけれど、もしかしたら何かを思いっきり投げたら、その青い壁にぶつかって落ちてくるかもしれない。

こんなにも開放的な場所なのに、窮屈で息苦しく感じた。

「あーあっ！」

急に隣の彼女が大きな声を出した。横目で彼女を見る。彫刻像のように綺麗な鼻筋がまっすぐ上を向いていた。

「どうしたの？」

「本当、とことんドラマとか漫画みたいにならないなって。私は生まれつきの病気が原因で、小学校からずっといじめられ続ける悲劇のヒロイン。そして、海でしょげていた時に、なぜかいつも一緒にいてくれる男の子。そして、二人は恋に落ちて愛の逃《とう》避行《ひこう》――。どう？」

少しだけ、昔の記憶がフラッシュバックした。奇しくも、同じく小学生の時だ。

「ありきたりだね。あんまり面白くなさそう」

「だよね～。でも、やっぱりちょっと憧れるなあ。子供のまま抗う感じ？　逃避行ってそういうことじゃん？　全てを投げ捨てて、その人との時間を止めるために現実から逃げるんだもん」

「随分とロマンチックな言い回しだね。僕はひねくれてるから、ただ現実から逃げているように思えるけど」

そう、今の僕みたいに。

「知らないの？　逃げるが勝ちって言葉があってだね」

小学生でも知っていることわざを彼女は自慢気に語る。

「三十六計逃げるに如かず、ね」

「何それ？」

「逃げるが勝ちの元ネタ的な奴」

「頭いいのやめてよー。恥ずかしいじゃん」

「わざとだよ」

「性格悪いなぁ。嫌な大人みたい」

笑いながら彼女は言った。手帳を開き、何かを書き込む。見てはいけない気がして、目をそらした。

波の音に乗せてぽつりと呟く。

「……何書いたの？」

「ん？　君が性格悪いってね」

「うわぁ……」

「うそだよ。本当は博識って書いた」

眉を寄せる僕に、彼女は手帳を見せてくれた。博識と書かれた後ろに、意地悪とも書かれていた。

「性格悪いね」

「ふふんっ、お返しです！」

無邪気に笑う彼女は、とても綺麗だった。そう感じた僕は、やっぱりまだ罪悪感に駆られていた。

三章　地続きの現在《いま》があるから

今日も教室は騒がしい。

喧騒が背景に漏れ聞こえてくる中、本のページを捲る。取り繕う用の小難しい本だが、慣れたもので、この騒がしさの中でも僕は自分の世界に入り込むことが出来ていた。

それでも、流石に目の前で繰り広げられるどよめきはかき消せない。僅かに耳を傾けながら、文章を目で追う。

「みなさーん、俺は奏汰の蛙化《かえるか》ポイント見つけましたよー！　ゲコゲコッ！」

栗原の大きな声に僕は一瞬、本から目を離した。当の奏汰は苦笑いを浮かべている。

それを見て、もう一度本に目を落とす。

「えー、ちょっと気になるかも」

やっぱり、クラスの女子が食いつく。

四月になり、ようやくコートを手放せる時期になった。三年になろうともクラスは変わらないし、また一年、この箱庭が続く。新しく一からクラスの位置取りをしなくて済むから、僕は結構嬉しかったりする。

「いやさ、昨日ハンバーガー食いに行ったわけよ。だってのに、奏汰は飲み物とサラダしか頼まねぇのよ。なんか、食欲無いとか言って。女子かよ！　百年の友情も冷めかけたわ！」

やっぱり、くだらない話だった。

「何それ、どうでもいいー。ってか、栗原が蛙化とか言っててんのまじうける」

「流行ってんだろ？　女子の間で」

「もう古いしー。そもそもそんな流行ってないから」

「なんだよ、ちょっと勉強したのに」

「栗原、生物の成績悪いからもっと勉強しろよ」

奏汰の横槍《やり》に大きな笑いが起こる。

「それは本当の蛙の勉強だろうが！」

果たして、何人が本気で面白いと思っているのやら。

時計に目を向けると、まだ昼休みは三十分以上残っていた。

ふと教室の外を見ると、窓越しに二組の芹沢《せりざわ》が通り過ぎるところだった。彼は奏汰をひと睨みして、僕に目を向ける。首がくいっと斜め上に向く。背筋を冷たい震えが走った。

奏汰は多分、芹沢に気が付いていない。それでも、僕が席を立つと一瞬ちらっと視線を向ける。

いつものように芹沢は二人の取り巻きを従えて、先に行ったようだ。脇腹がずくっと痛む。

教室を出る時、秋永さんとすれ違った。

「どっか行くの？」

「……ちょっと、図書室に」

「そか」

受験を控えた大事な一年。僕はあまり思っていないけれど、奏汰はどうなのだろう。双子なのに、中学生以来、僕には奏汰のことがよく分からない。だから、波風は立てたくない。問題なんて、起こしたくない。あの頃の奏汰はもう見たくなかった。

校舎を出て、校庭の裏側の坂を重い足取りで上る。急こう配の坂道の先にはテニスコートがある。放課後のテニス部以外は誰も立ち寄らない場所。周りも高い竹林に囲まれているから、昼でもちょっと空気がひんやりとしていた。

最近は煙草の吸殻が落ちていたとかで、わざわざ昼休みまで教師が見回りをしていたから、芹沢に呼び出されたのは久しぶりのことだった。

テニスコートは狭い敷地に作られたせいか、上下二段に分かれている。一コートあって、脇の階段を上るともう一コート。だからか、テニスコートという響きのわりにやけに狭く感じる。芹沢と取り巻きの二人はその上段で、細い煙を立ち昇らせていた。

石段に足をかけたところで、彼らは僕に気が付いたようだ。その瞳が気怠るげに僕へと向く。制服の下の肌が粟立《あわだ》っているのが分かった。震える身体を必死に押さえつける。

「なあ、」

階段を上り切った途端、芹沢がその大きな体躯を持ち上げて僕に詰め寄る。

「これチクったのお前じゃねえよな？」

芹沢が短くなった煙草を指で弾《はじ》く。足下に転がったそれは、まだ赤い火が小さく点《とも》っていた。

「……違う、けど」

「じゃあ、男テニの奴らか。めんどくせぇことすんなよな」

大柄な身体がゆったりと近付いてくる。フェンスが背中に当たってけたたましい音を立てた。

刹那《せつな》、みぞおちに鈍い衝撃が走り、息が漏れる。明滅する視界。よろめく身体を取り巻きに抑えつけられた。

息が上手くできない。短く、犬のように口を開けて小さく声をあげるしかなかった。ようやく喉がかっぴらいて大量の空気が肺になだれ込むと、涙がじわっと滲んだ。痙攣《けいれん》したように震える腹筋は、まるで怯えている心の内が体現されているみたいだった。

また、この時間が始まった。

左の脇腹に芹沢の脛《すね》が突き刺さる。僕は変に堪えることなく、そのまま横っ飛びに地面へと倒れた。浅い息を繰り返し、歯を食いしばって何とか零れそうになる涙を抑える。

呼吸に合わせて、蹴られた箇所が鈍く疼《うず》く。見えない鈍器で殴られ続けているみたいだ。

「やっぱり、顔ムカつくな……」

冷酷な眼差しで見下ろす芹沢を、ただただ見返すしかなかった。

百九十の身長と、ガタイのいい身体相手に僕が一縷《いちる》の抵抗すら出来るはずもなく、再び腹に鈍痛が走る。転がった時に口に入った砂利《じゃり》が、咳込んだ際に涎《よだれ》と一緒にコートに滴《したた》った。

執拗《しつよう》に腹や背中を嬲《なぶ》られ、その度に僕は小さな呻《うめ》き声と息を漏らす。

その間、芹沢は何も言わなかった。もう僕を見てすらいない。彼が見ているのは、僕と全く同じ外見の奏汰だ。周囲の目を集めるようになってしまった奏汰を芹沢は疎ましく思い、そして、恐れている。

僕も芹沢も憶病でいじっぱりだ。

芹沢は教師にチクられたり、校内で後ろ指を指されるのを恐れて、奏汰ではなく僕を痛めつける。僕なら、誰にも言わないし、言えないと思っているからだ。

「あいつがデカい顔してんの、ほんっとうに腹立つんだわ」

そう言いながら、芹沢は転がる僕に腰かけ、煙草に火をつける。九十kg近い重さが背にのしかかり、僕は無意識にえずいていた。硬い地面に爪を立ててつかむようにもがく。口の中を切ったのか、砂利に混ざって鉄の味がした。

随分とぬるいいじめだ。

ただ芹沢が僕をひたすら蹴って殴るだけ。取り巻きには何もさせない。それはきっと彼が力を誇示《こじ》したいがためだろう。取り巻きもそれが分かっているから、ただ見て従うだけ。

昼休みが終わるまで、じっと耐えていればいい。慣れてしまえば、別にそこまで辛くはなかった。

「おい、明日の昼も来いよ」

チャイムのきっかり五分前に、芹沢は一言残して校舎へと戻っていった。

春の温かな風が砂の付いた頬をなぞる。ずきずきと痛む身体を起こし、砂を叩き落とす。制服に少し跡が残ったけれど、これくらいなら問題ない。

本当に手ぬるい。だから、大丈夫。

芹沢は臆病者だ。きっと過去の残像を追っているのだろうけど、あの茅野《かやの》にはなりきれていない。

「――チクったら、小学校の時の奏汰のこと、全部バラしてやる」

その一言を予防線に張り、僕へのいじめが始まった時から分かっていたことだ。自分だって、過去が露呈《ろてい》してしまえば困るはずなのに。

それでも、こんなちっぽけな痛みで奏汰を守れるのなら、それでいい。卑怯《ひきょう》な僕が考えそうなことだ。あの時の過ちを正したいがためという、ただの勝手な償《つぐな》いに過ぎないというのに。

小学五年の頃、僕らのクラスは学級崩壊していた。それでも、大きな問題にならなかった。なぜなら、茅野智《とも》が五年二組を支配していたからだ。

大袈裟《おおげさ》な響き。しかし、そう言い表すのが的確だった。

果たして、クラスの三分の一がいじめられている状況は、〝いじめ〟と呼んでいいのだろうか。だから僕は、自分たちはいじめられていたのではなく、支配されていたのだと思っている。

茅野は親の事情で東京から転校してきた。普通、転校生がいじめられそうなものだが、茅野は違った。転校してきた数日後には取り巻きをつくり、誰も逆らえなくなっていた。

彼は至って普通の十歳の男の子だ。ただ、人を見る目があった。自分に逆らえなそうな弱者を味方につけ、一人では敵《かな》わないであろう芹沢を多人数でいじめた。

なぜ茅野は最初の標的に芹沢を選んだのか。それは多分、彼がクラスの人気者だったからだ。いつもみんなの中心にいて、発言はよく通るし、人望もあった。だからこそ、茅野は彼に目を付けた。

物を隠したり、昼休みと放課後は教室の入り口に見張りを立て、カーテンを締め切って、茅野と取り巻きで芹沢を囲んで床に這いつくばらせる。そして、何も言いだせないまま教室の隅で固唾《かたず》を呑む僕らに見せつけるように暴行。

そんな期間を二週間ほど経て、茅野は芹沢に言った。

――湯之原《ゆのはら》を連れてきたら、仲間に入れてやる。

湯之原は僕から見て、クラスで芹沢の次に人気者だった。そして、芹沢と入れ替わるように湯之原へのいじめが始まる。

湯之原へのいじめはやっぱり二週間で別の人に移り変わった。次の標的はクラスで三番目に人気者の男子だった。

狡猾《こうかつ》で、上手いやり口だと思う。最初にクラスで一番強そうな人物を多人数で捕まえ、その後は徐々に上から一人ずつゆっくりと摘んでいく。

二週間といういじめの期間は、きっとぎりぎり一人で耐えられる長さなのだろう。

そして、自分より立場の弱い人物を売れば、自分へのいじめは終わる。だから、連鎖は止まらない。

茅野のいじめは男子と並行して女子にも行われていた。その結果、クラスの三分の一が茅野と、どんどん膨れ上がっていく取り巻きによっていじめを受けた。

途中から、誰も疑問に思わなくなっていたんだと思う。それより、次は自分なんじゃないかという不安だけが、日々を埋め尽くしていた。

きっと、担任も早いうちに気が付いていたはずだ。そして、見て見ぬふりが自分の立場《キャリア》にとって最善だと判断した。自分の受け持ったクラスでいじめが発覚したとなれば、面倒なことになるのは目に見えているからだ。担任すらも、茅野の意のままだった。

そして、小学六年。卒業の二週間前。いじめの対象だった白木《しらぎ》に茅野は言った。

「次は加賀のどちらかを連れて来い」

昼休み、茅野が言い放った言葉に、僕はただ教室の端で奏汰と一緒に震えることしか出来なかった。

ついに順番が回ってきてしまった。あと少しで卒業だというのに、神様はどうしてこんな仕打ちをするのだろう。

もはや、僕らの中で茅野は神様よりも大きな存在になっていた。人の強い悪意に晒されたことのない僕らは、抵抗の術を知らない。なまじ理性を持ち合わせる年頃だから、親や先生に相談するなんてことは逆に出来なかった。そういう人間を茅野は選んでいたのだ。

だからこそ、二年近い期間、茅野の独裁が続いた。

その最後の締め括りが、僕か奏汰のどちらかだったというだけの話。

この時の僕には、奏汰のことを考える余裕なんて無かった。これまで繰り返し行われた非道の数々を思い起こし、その被害者を自分に置き換えて絶望する。これから卒業まで、耐えなければいけない。その覚悟だけはあった。

床に這った白木が恐る恐る立ち上がり、ゆっくりと僕らに向かってくる。その瞳は安堵に満ちていた。

多分、その瞬間僕は白木のことが嫌いになった。でも、仕方がないことだ。誰も茅野には逆らえない。逆の立場なら、僕も白木と同じ表情を浮かべていたのだろう。

袖口《そでぐち》をぎゅっと弟がつかんでくる。しゃっくりをしながら涙を垂れ流していた。奏汰は僕と全く同じ。僕の分身。ならばこそ、きっとその胸中も僕と同じで、絶望と恐怖に塗れているはず。

一歩、僕が前に出るだけで済む。白木は別にどっちでもいいのだろう。だから、自分の背に奏汰を隠してしまえばいい。白木に目で訴えるだけでもいい。

ぐにゃりと歪む視界の端で、茅野が見えた。その瞬間、僕は踏み出そうとしていた足が固まってしまった。動かしたくても、ぴくりともしない。全身が硬直して、自分の息遣いだけが荒々しく脳内で掻き乱れる。

目の前で白木の手が伸びた。ゆっくりと近付くその手は僕のそばをすり抜け――奏汰の腕をつかんだ。

「あっ……」

その瞬間、僕は安堵してしまった。同時に金縛《かなしば》りが解ける。

奏汰と目が合う。そして、彼はそっと僕の袖口から手を放す。

胸の奥で、何かが水泡のように浮かび上がって弾けた。

視界がぶわっと滲んだ。溢れ出した涙が止まらなくて、歪んだ視界で連れて行かれる奏汰に必死に手を伸ばす。酷い罪悪感と、醜い後悔が遅れて次々と湧き上がった。

伸ばした手が、空をつかむ。

こんな時ですら声が出せない自分の弱さに、心底嫌気が差した。

その日から、奏汰へのいじめが始まった。

カーテンを閉め切って暗くなった教室。机が押しのけられて開けた空間の中心に奏汰がいた。奏汰を取り囲む支配者たち。もちろん、茅野だけが一歩前に躍り出ている。

泣きながら茅野の上履きの裏を舐める奏汰。それを見て茅野は心底つまらなそうに奏汰の脇腹を蹴り飛ばす。横向きに倒れてうずくまる奏汰に向けて、さらに何度か足を振り抜く。

奏汰のすすり泣く声だけが、しんしんと教室に響いていた。僕を含む大勢が、それを見て見ぬふりして息をひそめている。

全員が分かっていた。これはあってはいけないことなのだと。もはや当たり前になった光景を前にしても、その共通認識が変わることは絶対に無い。ただ、どうしても動けない。光の遮られた薄暗い空間で声を発することがどういうことなのか、みんな理解している。

見ていて何もしないのは加害者と同じ。そんなことを言えるのは、この恐怖を経験したことがない奴らの戯言《ざれごと》だ。

午後の授業は一切頭に入ってこなかった。家まで帰った記憶も曖昧だ。

一体、誰が何を間違えたのだろうか。どうすれば、茅野に悟られずに奏汰を助けられるのか。そんなことを数日考え続けた。

結局、答えなんて出るはずがなく、その間も奏汰へのいじめは続く。

日を追うごとに奏汰の目から光が失われていった。それを傍らで見続け、僕もどうにかなりそうだった。その感情に、僕はまた自分への苛立《いらだ》ちが募る。

一度、奏汰に話した。親から学校に言ってもらおうと。しかし、奏汰はそれを頑《かたく》なに否定した。親に迷惑をかけたくない。奏翔にだって今以上に迷惑をかける、と。素直に罵倒《ばとう》してもらえたなら、どんなに良かったのだろう。しかし、奏汰はそれ以外僕に何も言わなかった。罵《のの》りも、懇願も、泣き言も一切。

その日の朝は、いつも家を出る時間に奏汰が部屋から出てこなかった。電気が消された家が静まり返っている。もう朝なのに、なぜかまだ夜が明けていないようだった。階段を上がる。なぜか音を立てないように慎重だったことを覚えている。部屋の前で静かに深呼吸をして、軽くドアを叩く。返事は無い。

「……入るよ？」

部屋の中は廊下よりも暗かった。

奏汰はベッドの隅で膝を抱えてこちらを見ている。僕にすら怯えているように見えた。その姿にようやく、僕は微かに怒りという感情を覚える。

「学校、どうする？」

僕が聞いていいことじゃない。けれど、気が付いたら言葉が出ていた。

「僕、た、体調悪くて。……休もう、かな」

奏汰の掠《かす》れた声に舌が泳ぐ。少しほっとした自分がいた。

「奏翔も、や、休んだら……？」

「僕も休んじゃったら、お母さんとお父さんに疑われちゃうよ」

「で、でも……」

僕も奏汰も分かっている。奏汰が学校を休めば、おのずと標的が僕に移り変わることを。

「大丈夫。……僕は大丈夫だから」

奏汰へ向けて、というより逃げ出しそうな自分に言い聞かせるように反芻《はんすう》した。

こういうのはあまり深く考えちゃ駄目なんだ。どうせ、待っているのは地獄の日々。それなら、せめて恐怖の上に張った薄氷《はくひょう》のような怒りの分だけでも、満足させておきたかった。

教室へ入り、奏汰が休むことを茅野に伝えると、彼はスマホを取り出し、一枚の写真を見せてきた。その写真はトイレの中で裸にひん剥《む》かれた、水浸しの奏汰だった。

「お前も休んだら、これを町中にばら撒く」

耳元で告げられた言葉に、それからのことは断片的にしか覚えていない。茅野を力の限り押しのけ、スマホを思いっきり床に投げつけた。光沢を放つ画面にピシッと亀裂《きれつ》が入る。こんなことで足りるはずがない。スマホを拾い上げ、教室を飛び出す。とにかく、時間が欲しかった。

チャイムが鳴り、一時間目が始まるまで理科室に身をひそめた。幸い、一時間目に理科室を使うクラスは無くて、遠くの教室から授業中の音が聞こえてくるだけだ。スマホを点けてみる。ぱっと画面が明るくなった。

人気のない廊下をゆっくりと横断し、図工室に忍び込む。怒り、緊張、悲しさ、色々な感情が混ざって、工具入れを漁る時に響く金属音に吐きそうになった。

金槌《かなづち》を手に取る。持ち手の木がひんやりと震える手に伝わった。

この時の僕と同様、茅野もバックアップというものを知らなくて良かったと、後になって思う。

遮光《しゃこう》の黒いカーテンを閉め、スマホの画面を付けるとその明るさに目の奥が痛む。僕は手に持った鈍器をひたらすらスマホに叩きつけた。何度も、何度も。一度音を立てたら、誰かが来る前に終わらせて逃げなければならない。だから、狂ったように殴り続けた。

ぶつんっと画面がこと切れる。電源のボタンを押しても点かない。

真っ暗になった室内でようやく息を吐き出すと、心臓がうるさいくらい脈を打つ。少しだけやり返してやったという達成感が疎ましかった。

それからの日々は、あまり思いだしたくはない。最後の標的だからか、僕のしでかした行為のせいか、それともいざ自分がその立場に立って初めて分かるものなのか、僕へのいじめは想像よりも苛烈《かれつ》なものだった。

画鋲《がびょう》は刺さっている時よりも、数十分後に襲いかかるずくずくとした痛みの方が耐えがたいこと。カッターの切り口は燃えるように熱くなること。くだらない痛みばかり覚えている。

毎朝、奏汰に泣きながら引き止められた。もう写真は残っていないのだし、確かに卒業まで親に心配をかけることになってでも休めば良かった。けれど、多分僕は意地になっていたのだと思う。家まで茅野が来ない確証は無いし、そうなれば奏汰にだって危害が及ぶかもしれない。だから、僕は学校へと行き続けた。

確かに辛かった。それでも、双子とはいえ兄として弟を守らないといけない使命感と、一度は逃げてしまった罪悪感に僕の理性は守られ通した。

小学校を卒業すると同時に、茅野は父親の転勤で今度は兵庫に引っ越すことになった。

こうして、支配の日々は終わりを迎える。

中学生という一つ大人の階段を上ったのを皮切りに、奏汰は目に見えて変わった。きっと、自分を守るために演じることを覚えたのだ。僕と奏汰が入学した中学には、同じ小学校出身の生徒は少なかったから、とりわけ言及されることもなかった。

それでも、二割側の奏汰は外の世界だけのかりそめの姿だ。家に帰れば、昔と何も変わらなかった。

かった。

だから、安心した。

僕は奏汰にとって、信頼のおける人物なのだと認識できる。それだけで満足だ。

だからこそ、壊されてはならない。僕らとは別の中学で、茅野の後を追いかけるように支配する側へと変貌した芹沢なんかに、奏汰の外壁を崩されるわけにはいかなかった。

だから、僕はいじめとも呼べないただの暴力を受け入れる。

もしかしたら、間違った選択なのかもしれない。歪んだ対処法なのかもしれない。

それでも、僕が小学生の時に学んだことは、ただじっと耐え忍ぶ。それだけだった。

◇

『おはよ。花火、やるよ！』

『夜にってこと？』

『そんなわけないいじゃん』

理不尽な返答だ。花火と言えば、夜だろうに。既読だけ付けて、家を出る。

四月の夜明け前は、ちょっと肌寒いけれどコートはいらなくなっていた。軽いジャンパーを羽織り、下はいつからか面倒でスウェットになった。まるでコンビニに行くような服装だ。でも、この時間帯には相応しい恰好《かっこう》だと思う。

おかしいのは彼女だ。毎日、まだ暗い海辺に制服で来る女子高生が彼女以外のどこにいるというのか。

最近、日の出が目に見えて早くなった。起きた時には空はもう淡い光に侵食されていて、海辺の公園に着く時には既に陽が昇っている。

少し、寂しく感じるのはなぜだろう。ぼんやりと色が滲んでいく空を彼女と眺めることはもう無い。

二人で朝を待つ。あの時間が嫌いじゃなかった。むしろ、どんどん彼女のことが気になっていく自分すら、多分気に入っていた。そのことに今さら気が付く。

朝の気配を感じさせる軽い空気が、今の僕にとってはちょっぴり煩《わずら》わしい。

「おっ、来たね。おはよう」

振り向いた彼女を見て、すぐに気が付いた。色々な考えが瞬間的に脳裏を通り抜けていく。動きを固めた僕を、彼女は不思議そうに見つめる。どうしてか、目が合った気がした。

「どうしたの？」

「いや、えっと……。むしろ、どうした……のか聞いてもいいのかな」

訥々とした僕の喋りに彼女が小さく「あぁ……」と漏らして、そっと左頬に手を添える。手で隠した左頬は微かに熱がこもった赤みを帯びていた。

小学生の頃、何度も鏡で見たから分かる。これは殴られた痕だ。睫毛《まつげ》が湿って、目元が少し腫《は》れている。これも知っている。泣いた証拠だ。

「うーん……」

彼女は難しそうに唸り、朝焼けの水平線を見遣った。

「言いたくないなら、聞かないよ」

「……引かない？」

「当たり前だよ」

「そっか」

彼女は傍らのコンビニ袋から湿布《しっぷ》を取り出す。

「一応、買っておいたんだ。でも、まさか一目で分かっちゃうくらい腫れてるとは思わなかった」

大きな湿布を一枚抜き取り、鋏《はさみ》と一緒に僕に渡す。

「はい、貼って」

今日ばかりは悪態をつく気にもなれなかった。湿布を小さく切り取る。そっと赤くなった部分に触れると、結構熱かった。

「ねえ、ちょっとドキドキするね」

「……黙ってて」

「ちぇー……」

湿布を張り、皺《しわ》が出来ないように上から軽くなぞる。

「さっ、花火やろうか」

コンビニ袋からやかましい色合いのパッケージを取り出し、彼女はいつも通り陽気に言った。なんだか言葉を発する気になれなくて、無言で頷く。

僕らは砂浜に移動し、二人でバケツを囲んだ。朝から一体、何をしているのだろうと思わなくもない。でも、それももう慣れた。僕と彼女の間に常識なんてものは通用しないのだから。

ライターで彼女がそれぞれ手に持った花火に火を点ける。刹那の静けさの後、一気に火花が放たれた。

「点いたー！　けど、なんか薄いね」

きっと、暗がりならば赤や緑、黄色など様々な色が混ざり合っていただろうに、先端から柳のようにしな垂れて零れ落ちる火花はやけに色が薄い。

白い光の奥にうっすら別の色が見える。その様子はフィルターがかかる夜明けの空気の色と似ているなと思った。

「朝にはぴったりかもね」

火薬の香りが鼻をつく。なぜかこの匂いは嫌いになれない。

火花が尽きては、新しい花火に火を点ける。最後に残るのはやっぱりやたら量の多い線香花火だ。火を点けると、白い火種がぱちぱちと燃える。ぽつぽつと会話をしながら、二人でその様子を耽るようにじっと見つめた。

「私の家ね、母子家庭なんだ」

びっくりするくらいあっさりとした口調で、急に彼女が吐露《とろ》する。辛そうには見えなかったから、「そうなんだ」と返した。でも、彼女の顔を見続けることは出来なくて、また線香花火に目を落とす。

「お父さんは私が生まれてすぐにどっか行っちゃったらしいから、私にとってはこれも普通のことなんだけどね」

小さく頷いた。その意味は、僕自身にも分からない。

「お母さんはスナックをやっててね、夜は家にいつもいないんだよ。で、私は昼は学校じゃん？　何日も顔を合わせないのが普通なの」

「朝には帰っているんじゃないの？」

そう言って、僕は激しく後悔した。地雷原《じらいげん》を突っ走るかのような気分だ。少し考えれば、分かるはずなのに。

彼女は母親に何かしらのわだかまりを抱えている。だから、彼女は毎日夜明け前に家を出てここに来ている。点と点が繋がったような気がした。

ごめん。そう口にしかけた時、彼女がうつむく僕に向けてバケツの水を指で弾く。

顔上げて。謝らないで。そう言われているみたいだった。

「毎日、こうしてここにいるのと関係ある……よね？」

彼女は軽く頷く。その唇が、肩が、微かに震えていた。

「たまにさ、知らない男の人を連れて帰ってくるんだよ。毎回違う人で、大抵すごいお酒臭い。後は、まあ言わなくても何となく想像つくんじゃないかな」

ふわっと漂う火薬の香りが、今はすごく鬱陶《うっとう》しい。苛立ちすら覚える。

「いつから……。いつから、ここに来るようになったの？」

「中学に入ってからかな。私がその意味を理解した時から、ずっとね」

そんなにも長い期間、彼女は毎日こうして一人で朝を待っていたというのだろうか。それがどんなに苦痛なのか、僕には計り知れない。

彼女のことを知れば知るほど、僕はどうして良いのか分からなくなる。色々なことから逃げている自分が情けなくて、そう思ってても、まだうじうじと時間が過ぎていくのをただ眺めている。

ぽろっと頬を何かが伝った。

「えっ……？」

なぞった跡が、ひんやりと熱を冷ましていく。

「もー、なんで泣くの？」

「あ、いや……。分から、ない。……ごめん」

「謝られることじゃないんだよ。私こそ、変な話しちゃってごめんね」

彼女の細い指が僕の頬に触れ、涙をそっと拭う。思わず、その手を取って強く握りしめた。

「そ、そうじゃない！……違うんだ。話してくれたことは、その、嬉しい。でも、想像してみたら、自然と涙が出てた……」

最後の線香花火がすっとバケツの中へと落ちていく。澄んだ空気と火薬の残滓《ざんし》が揺蕩う。優しく僕を見つめる彼女から、なぜか目が離せなかった。

「やっぱり、優しいんだよなぁ。あっ、嫌みじゃないよ？　私が好きな優しさ」

「そんなんじゃない。僕は、実はとっても酷い人間なんだ」

現実から目を背けて、こうして彼女と過ごす夜明けが心地よく感じていて、考えれば考えるほど屑《くず》で救いようのない人間だ。彼女が優しいと言うのは、僕の一面しか知らないから。きっと、本当の僕を知れば、彼女だって軽蔑《けいべつ》するだろう。

「人のことを思って泣けるのって、優しいんじゃないの？」

「たとえ優しくったって、一歩を踏み出す勇気が無かったら何の意味も無い。何とやらの持ち腐《ぐさ》れだ……」

彼女が自慢げに「宝だよ」と鼻を鳴らす。〝優しさ〟が宝になり得ないと思ったから濁したのだが、どうやら彼女には伝わらなかったらしい。

「じゃあ、私と一緒に一歩を踏み出してみるのはどう？」

「どういうこと？」

「ふふっ、無理心中。あっ、でも今日話したこととか、病気のことは関係無いんだよ？　全くこれっぽちもってわけじゃないけれど、本当に違うからね？」

それがうそじゃないのなら、一体彼女はどうして死のうとしているのだろうか。

彼女となら、あの日結局勇気が出なかった灯台の上からも飛び降りることが出来るのだろうか。僕さえいなければ、今の僕が抱えている問題事は解決する。

でも、それで僕が一歩を踏み出すのは、僕自身が変わったわけじゃないような。

それに、目の前の彼女が世界から居なくなってしまうのはすごくもったいなく思えた。

「……僕は自分が一番大事なんだ。だから、自分を犠牲にする勇気はやっぱり無いよ」

「それって、みんなそうじゃない？　だって、誰かのために代わりに死ねって言われて、まあ、こいつのためなら死んでもいいかってなるのなくない？　少なくとも私は誰だろうと、代わりに死んでやるかとはならないよ」

「秋永さん、死のうとしてたんじゃないの?」

「それはそれ。私は私のために死にたいんだよ。誰かに殺されるなんてまっぴらごめん。だから、無理心中って言っても、私は奏汰くんのために死ぬわけじゃないよ。ただ、一緒にどう?ってお誘い」

〝殺される〟という表現が彼女らしかった。

「僕は秋永さんに死んでほしくないかな」

色々考えて、結局、僕は素直な気持ちを伝えることしか出来なかった。

彼女にも、彼女なりの信念がある。だからこそ、軽率に薄っぺらい言葉で止めるのは薄情だと思った。

「どうして? やっぱり、見捨てるっていう罪悪感?」

「それももちろんあるけど……」

なぜだろう。彼女に死んでほしくない理由を、僕の中で言語化出来ない。

彼女に好意が芽生えたから? それとも、やっぱり嫌な気持ちになりたくないという自分本位なもの?

きっと、どれもこれも、僕が彼女に死んでほしくない理由だ。一つに絞るなんて出来ないし、全部ひっくるめて伝える方法を僕は知らなかった。

「まっ、でも奏汰くんにそう思ってもらえているのなら、素直に嬉しいよ。でも、ごめんね。私は君の要望に応えるつもりは無いんだ」

やっぱり、彼女はまだ死のうとしているんだ。こうして毎日笑い合っていても覆らないその事実が、僕の胸に棘《とげ》を残してズキズキと痛む。

「どうすれば、僕は秋永さんを止められるのかな……」

ほとんど独り言だった。

彼女は両手を砂浜について空を仰ぐ。

今日は曇り空だった。空が近いということは雲も近いわけで、灰鼠色《はいねずいろ》のそれが少し怖く感じる。

「さあね、それは私も分からないや。人の心なんて、いつだって急に変わっちゃうんだからさ」

だからね、と彼女は続ける。

「私だって、いつの日か死ぬ気が無くなる時が来るかもしれないし、もしかしたら、私のためじゃない、誰かのために死にたいって思う時が来るかもしれない。奏汰くんだって、同じだよ。明日には私より死にたくなっているかもしれないじゃん」

そんな突拍子もない、とは言えなかった。平穏な日々が一瞬で崩れ去ることは身を以《もっ》て体験したはずだ。

あのいじめの日々に、死のうかなと漠然と考えていたこともある。だから、彼女の言うことはもっともだと思った。

この先、僕は変わる時が来るのだろうか。

――変わりたい。

口先だけの薄っぺらい言葉が、音もなく頭の中でノイズのように響く。

「答えなんて、そもそも無いんだね」

「少なくとも、今のままの私たちには分からないのかもね」

彼女が僕を見る。僕は灰色の雲から目が離せなかった。

「どうせ暇だしさ、恋人になってみる？」

彼女の言葉の真意を理解するまでにやや時間を要し、それから彼女の顔を見た。そして、慌てて息を吐く。本気、というわけでは無さそうだった。

「告白されてるの？　えっ、ってかどうして今……」

「私たちが経験したことないからだよ。もしかしたら、何かが変わるかもしれないじゃん。私はちょっと怖いけど、奏汰くんにはこうやって毎日付き合ってもらっているからね。私も君に寄り添わないとフェアじゃないでしょ？」

あくまでも、彼女なりの親切心なのだろう。

彼女は僕との対等な立場を望んでいる。一方的な優しさは辛いと、彼女は小学生の時に知ったからだろうか。

「秋永さんは恋愛に興味ないんじゃなかったの？」

一瞬、僕と彼女の間を静寂が流れる。それがやけに落ち着かなくて、意味も無く砂をつかんで手から零す。

「私、奏汰くんになら恋できるかもしれないよ」

「でもさ、恋人くらいじゃ、代わりに死ぬのは無理じゃないかな」

「……確かに？」

いつの間にか、東の山向こうから陽が覗いていた。

「じゃあ、僕たち結婚してみる？」

また少し、静けさに包まれる。

彼女は面くらったようにきょとんとして、ややあって明るく笑った。

「それもいいかもね」

「いや、やっぱりそれでも代わりに死ぬのは難しそうかな」

「ドライだな～。まっ、私も同じ意見だけどね」

結局、頬の怪我《けが》については分からずじまいだった。そんなことを話す雰囲気でも無くなってしまったし、彼女に笑みが戻ったのだから、また今度聞けばいい。

次の日から、彼女の呼び出しは一時間早くなった。

無機質なペン先がリズミカルに絶え間なく電子機器の板を叩く。最初はやたらと気になっていたこの作業音も、聴き慣れれば心地が良い。何気なく本棚から抜き取って開いた少女漫画は、内容が一ミリも頭に入って来ないでいた。

時間の流れがゆっくりな気がして変な感じだ。窓の外は白波が大きくうねりをあげるような大しけの荒れ模様だというのに、この部屋の中はそんな様子を微塵《みじん》も感じさせない。

微睡《まどろみ》に誘われて瞼が重たくなる。ずれ落ちそうな身体を起こし、マグカップを手に取ると空だった。

「先生、コーヒーお代わりいります？」

「おぉー、頼む」

右手と視界は固定したまま、左手で器用にマグカップを差し出す仕草はいつも通りだ。

開き戸を抜けて廊下に出ると、古い木造住宅特有のひたっとした寒さが身体の芯《しん》を撫でた。軋む床が祖父母の家を思いださせる。

キッチンはいつも通りすごく綺麗だった。先生は自炊をしないから、彼の両親が他界してからは、やかん以外の調理器具は全部戸棚の奥に眠ったままだ。

マグカップを軽く洗い、キッチンペーパーで水気をふき取る。硝子《がらす》戸を開け、インスタントコーヒーを取り出して、やかんに火を点けた。

元教え子とはいえ、他人を家の中で勝手に動き回らせていいのだろうか。同時に今さらか、とも思う。

両手に持ったコーヒーを零さないように目を遣りながら、足で戸を開ける様は自宅さながら。行儀《ぎょうぎ》が悪い気がするけれど、どうせ誰も見ちゃいない。

先生は相変わらず、教師時代と打って変わって無口だ。

「先生、ご飯食べてるんすか？」

「ん？　何だ急にオカンみたいなこと言って」

「いや、また痩《や》せたように見えたから。ってか、老けました？」

伸びた髭《ひげ》に血色の悪い肌。ちゃんちゃんこから覗く細い腕。どっかの病人なんじゃないかと思う。しかし、本人曰く至って元気らしい。

「そうかぁ？　ま、人の目を気にしなくなったせいかもしれねえな」

「先生、一応昼は店開いてるじゃないですか」

もちろん、今日のような大荒れ模様の日は例外だ。こんな日に釣具店を訪れる物珍しい客なんているはずもないのだから。

「こんな店に来るのはおっさんかガキンチョだけだよ。見た目気にしてどうするってんだ。むしろ、あんまり若く見られると舐められるからな」

液タブを上目で見遣る。失礼は承知で、この人からこの絵が生まれたとは到底思えなかった。それくらい、繊細で生き生きとした少女たちがそこにいる。

「……あの、変な意味じゃないんですけど、どうして少女漫画なんですか？」

きっと僕が取ることのない選択肢だ。だから、気になった。

「好きだからに決まってるだろ」

相も変わらず迷いのない言葉。さっきまでの固い口はどこへ行ったのか、少女漫画の良さを諳んじるように語り続ける彼を見て、やっぱり本気なんだなと思う。

数分に及ぶ懐かしい先生の授業を聞き終え、やっと主題を口にした。

「これも変な意味じゃないんですけれど、その……僕なら、恥ずかしいかなぁって思っちゃうんですよ……」

先生が手を止めて向き直った。そして、「この手の話かい」と呟きながら、伸びたぼさぼさの髪をかき上げてゴムで縛《しば》る。うっすらと昔の面影が横切った。

「もう俺は教師じゃねえんだがなあ。おしっ、ちゃちゃっと話してみろ」

話を切り出したのは僕だというのに、何を話していいのかよく分からなかった。ただ、最近は胸のつかえが多い。増えたと言うべきだろうか。

逃げるように含んだコーヒーを口の中で転がす。先生に合わせて薄く作り過ぎた。不味《まず》い苦みが喉を鳴らす。

「最近、周りの目がすごく気になってて……。何なら中学生の時からそうだったんですけれど、今はもっとというか」

「それで？」

「えっと、勝手に他人の目を気にして色々取り繕って、自分を良いように見せて、代わりに大事なものを捨て置いちゃってるんです。最悪ですよね……」

先生は「ふぅん……」と大きく息を吐き、静寂をつくる。僕を観察するみたいに視線を彷徨わせる仕草は、少しだけ彼女を思いださせる。

「まあ、あれだな。人の目が気になるのは悪いことじゃないな。気にしないでいると、俺みたいに老けるぞ」

さっき言ったこと、ちゃんと聞いていたようだ。

「俺ももちろん通った道だが、思春期ってのは何でもかんでも極端なんだよ。だから、人の目を気にするそれも、馬鹿でか超特大メガ盛りサイズだ。そりゃあ、気にし過ぎて何かを失うってこともあるだろうよ」

「でも、本当に失っちゃいけないもので……僕にとってはすごく大切なんです」

「大切って分かってんなら、上出来じゃねえか。なら簡単なんだよ。後は加賀が一歩を踏み出すだけだ。ほんの少し、周りの目を気にしなくなればいい。後のことを考えてるから動けねえんだよ」

そう言って、先生は煙草に火を点けた。有言実行だとでも言いたいのだろうか。

「いいか、加賀。大人になろうとするな。その煩わしい病と向き合うなら、むしろ少しくらい子供になった方が楽だぞ」

「そんなもんですかね……」

つい、先生が吐く煙の行方を目で追ってしまう。

「まっ、そんなこと言ったけど、逃げて解決するならじゃんじゃん逃げろよ。世の中、何にでも立ち向かってたら身体がいくつあっても足りないぞ。本当に大事なことにだけ、全力で立ち向かうのが一番なんだよ」

「……なんとなく分かります」

「みんな、分かっちゃいるんだ。でも、これが案外難しい。加賀も大人になれば分かるさ」

煙が逃げる窓の隙間から、斜陽《しゃよう》が射し込む。見れば、さっきまで降っていた雨は山向こうに逃げ、絵具を塗りたくったような濃い一面の青に夕陽が注いでいた。

「なんだ、止んだじゃねえか。ほら、個人面談はおしまいだ。さっさと帰れよ」

そう言って、先生はまたペンを手に取る。

「最後に一ついいですか?」

「何だ?」

「先生、飛び降りる時ってどんな顔して死にますか……？」

先生は手を止めない。

「そんなの決まってるね。大笑いしながら死んでやるわ」

予想した通りの返答に僕は大きく息を吐いた。

「それじゃ、僕はこれで」

「あ、おい、加賀……っ！」

聞こえないふりをして玄関まで小走りで廊下を抜ける。軋む扉を開けると、夕暮れの暖かな空気が通り抜けた。

振り返り、顔だけ覗かせた先生に向けて告げる。

「先生、何したらいいのか分からないけれど、とにかく頑張ってみようと思います！自分なりに、後悔しない大人になるために……！」

見えなかったけれど、先生は肩をすくめている。そんな気がした。

四章　君との逃避行

薄明《はくめい》が世界に浅白く膜を張る。東の縁が切り取られていく様に、また今日へのカウントダウンが始まったと実感できる。あと、一時間もすれば夜明けだ。この公園にも、燦々《さんさん》と陽射しが降り注ぐだろう。

大型連休が終わった翌週の平日だというのに、五月にしてはしばらく暑くなりそうだなと、少しだけ気分が重たくなる。

一度、ほんの少しの明かりが漏れ出ると、世界は急速に回りだす。視界が色づき始め、空気は徐々に重さを増す。ゆっくりと、それでいて気が付くと一瞬のうちに。

朝が慌ただしいって、よく分かる。

いつも通り他愛のない会話に、彼女はゆっくりと立ち上がることで終止符を打った。さっと荷物をまとめ始める。

「さて、行こっか」

「行くって、どこに？」

差し出された手は結構温かくて、妙に感触が残る。

彼女は答えることなく、荷物を持って歩きだした。こんな時間からどこへ行くというのだろうか。いつも、場所を変えることなんて無かったのに。それに、今日は平日だというのに、珍しく私服だ。もしかして、学校をサボるつもりなんだろうか。

灯台のある方角へ歩きだした時は、心臓が重く悲鳴を上げた。彼女が飛び降りる想像をしてしまい、心臓が軋む。しかし、彼女は公園を出てすぐのところで足を止めた。海沿いにある観光会館とは名ばかりの市民ホールに目が奪われる。僕が幼少期の頃は定期的に映画が上映されたり、オーケストラの演奏会だったり、少し旬の過ぎたお笑い芸人の漫才ショーが催《もよお》されていたが、今ではめっきり無くなってしまった。

記憶にあるたった十数年の出来事。それでも、色々と変わり続ける。河口付近のこの沿岸では、昔はモクズガニが素手でいくらでも取れて、小さい頃は友達のお母さんがよく味噌汁を作ってくれた。でも、最近は一匹たりとも見かけなくなった。やっぱり、生物の方が環境の変化には敏感なのだろうか。

昔は澄んでいた川が、やけに泡立ち赤く濁っているのを知っている。近くの観光地が発展していく最中、徐々に活気が無くなっていく町の様子を知っている。

町全体が歳を取るように、緩やかに腐っていく。

この町が狭く、息苦しく感じるのは、そんな背景のせいか、それとも僕が大人へと成長している証だろうか。

「はい、問題です。このおじさんは誰でしょうか？」

会館横のブロンズ像を指さし、彼女が僕に向き直る。大きな船の像と、一人の男性の胸像だった。目の前が海原なだけあって、船の像はよく映える。どちらもパティナに覆われ、くすんだ緑色を帯びていた。僕が生まれる前からあるものなのだから、歴史の面影があって当然だ。

「三浦按針《みうらあんじん》でしょ?」

「そっ、英名ウィリアム・アダムズ。またの名を、青い目のサムライ。かっこいいよね!」

「この町に住んでる人なら、みんな知ってると思うけど。祭りの名前にさえなってるんだし」

「あぁ、按針祭《あんじんさい》ね。いつもの公園で寝転がって見ると花火がすごくてね。知ってる?」

やおら首を振る。

海上に打ち上がる花火を見るには、自分の部屋が特等席だった。なんせ、絶好のオーシャンビュー。花火目当てに来る観光客も大勢いるし、毎年眼下の車道は歩行者天国になるくらいの雑踏だ。だから、僕は自分の部屋以外で花火を見たことがほとんどない。

「それで、どうして急に三浦按針の話なんて始めたの?」

彼女は再び歩きだす。どうやら、彼女の気まぐれはここだけではないらしい。

「私が尊敬していて、同時にこの人のようにはなるまいと思っている人物だからね。奏汰くんには知っておいてもらいたくてさ」

彼女の言葉には大きな矛盾《むじゅん》が連なっていた。

「なりたくないなら、尊敬は出来ないんじゃないの？」

橋状の車道を渡ると、河口がゆるりと流れる。数年前までホームレスが住んでいたが、いつだったか警察が追い出して以来、桁下《げたした》空間はただの砂浜がだだっ広く伸びていた。

「ウィリアム・アダムズは慶長《けいちょう》五年に日本へ船でやってきた英国人航海士」

彼女は僕の質問を返すことなく、独り言のように語りだす。

「はい、それでは頭のいい君に問題です。慶長五年に日本で起きた大きな出来事と言えば？」

「関ヶ原の戦い」

「え、すごっ、何でそんなすらっと答えられちゃうのさ」

「僕たち、受験生だよ？　しかも、文系だし」

何かばつの悪いことでも耳にしたのか、彼女はあからさまに目を背けて続ける。

「大阪城にアダムズを呼んだ家康は、彼のことをめっちゃ気に入ったらしくて、航海術、造船技術、天文学を活かせるように、幕府の外交顧問として重用《ちょうよう》したと。えらいとんとん拍子だね」

「実際には、航海は他の船が全船沈没や離脱する過酷な旅だったし、日本に着いた途端、海賊《かいぞく》扱いされて相当な目にあったらしいけどね」

つい、彼女の発言に補足を入れてしまう。

彼女がじろりと僕を見る。僕はまた悪い癖が出てしまったことを後悔し、軽いため息を吐いた。

彼女が無言で続きを話すように促すから、仕方なく古い記憶を掘り起こす。

「えーっと、確か関ヶ原の戦いが終わった数年後、西洋の船造りを命じられたアダムズが、造船場所として選んだのが、今のこの河口だったかな？」

彼女が満足そうに大きく頷く。

今、僕たちが立っているこの場所でたかだか四百年前、日本初の洋式帆船《はんせん》が建造されたらしい。この川幅で船なんて造れるのだろうかと思ったけれど、昔はもっと川幅が広かったかもしれないし、今のように舗装《ほそう》されてはいなかったのだろう。

何にせよ、僕にはすごいことなのかがいまいち分かりにくい。洋式帆船とそれまでの船の違いを知らないのだから。

「でね、その功績が認められて、アダムズは家康から領地とか色んなものと同時に三浦按針って名前を賜《たまわ》ったんだよ。この時、青い目のサムライは誕生したのです」

「へーっ、それで三浦按針になったんだ」

まさか、彼女がここまでウィリアム・アダムズに詳しかったなんて。三浦按針になった経緯なんて初耳だ。

しかし、彼女の疑いを込めた視線は続いたまま。

「ほんとぉ?」

「本当に初めて知ったよ」

「はい、私の勝ちー!」

得意気に喜ぶ彼女。まるで子供みたいだった。

いや、子供なのか。僕も、彼女も、まだ。

「それで、晴れてサムライになった三浦按針はその後、どうなったの?」

「んーとね、幕府がイギリス・オランダと貿易をするのを手伝ったりして、日本に残り続けたみたい。橋渡し役みたいなものだね。そして、家康の死後、アダムズは権力を失い、平戸《ひらど》のイギリス商館に追いやられることになる」

「故郷に帰らず、日本のために尽くしてくれてたんだね」

「でも、三浦按針の最期は結構悲しいものでね。家康の死後、日本は外国との取引場所を長崎と平戸に限定してしまったせいで、貿易の規制が強くなって、三浦按針の仕事は無くなっちゃったんだよ。そのまま家康を追うように元和六年、病気で亡くなったとさ。はい、授業終わり!」

偶然たどり着いた異国の土地で主人を失い、存在意義すら奪われた三浦按針の心境はどんなものだったのだろうか。幸せだったのか、不幸だったのか、僕には想像しかねる。

「それで、結局どうして急に三浦按針の話なんてしたの？」

彼女は舗装された川先をゆっくりとなぞるように歩く。等間隔に並んだ柳の隙間から、ちょうど三浦按針に関する資料が展示してある建物が見えた。

「んー、実はあの朝灯台に行く前、こうやって三浦按針のことを考えてたんだよ。この人は日本に残り続けて本当に幸せだったのかな。もし、母国に帰っていれば、彼の結末は違ったんじゃないかなって」

朝陽が顔を出す。

「だから、最後に話しておこうと思ってね」

「最後？」

くるっと彼女が身を翻《ひるがえ》し、僕に向き直る。柳の影が、射し込む朝陽に照らされた彼女の半分を隠した。

「無理心中しよう、とは言わないよ。でも、良かったら付いて来る？」

「どこに……？」

「分かんない。あてのない旅。まあ、一つだけ目的はあるから、最初は岐阜の温泉街。その後は決めてない」

「今日も学校だよ？」

分かり切っていることを聞いてしまった。

彼女は切なげな瞳を下げ、口元に小さな笑みを携えて何も言わなかった。ただ、そっと手が差し出される。

小さな手だ。白磁の手首は簡単に折れちゃいそうなくらい細い。

「出来れば、付いて来てほしいと思ってる。こう見えても、私は臆病者なんだよ？」

まだ、目をそらし続けていることがある。

僕がこの手を取ってもいいのだろうか。そんな資格が僕にあるとは思えなかった。だって、奏翔が相談もせず、僕の代わりに耐え続けてくれているのだから。――あの時と同じように。

僕たちは互いに何だって分かる。芹沢のことをどんなに奏翔が隠そうとしても、僕が気が付かないはずがない。

芹沢は僕に嫌悪を抱いているだけで、奏翔には特別な感情は持ち合わせていない。だから、僕が学校にいなければ、奏翔が芹沢に暴力を振るわれることも無くなるはずだ。

じゃあ、結局僕は今ここで彼女の手を取るのが最善に思える。

何より、今ここでこの手を取らなければ、彼女とはもう二度と会えなくなってしまう気がした。彼女の鋭い眼光が、今にも崩れてしまいそうな儚い気配が、僕にそう告げている。

「……分かった。僕も行くよ」

彼女の手をしっかりと握る。すると、彼女は笑顔で握り返してくれた。

「それじゃ、行こうか。きっと、楽しくなるね」

楽しいか……。

どうして、そう思えるのだろう。

だって、これは彼女が死にに行くための旅なのに。

思えば、夜明け以降も彼女とずっと一緒にいるのは初めてのことだった。もちろん、学校でも顔を合わせるのだが、それは言ってしまえば仮の姿みたいなもの。

僕と彼女の関係は、一体何なんだろうか。名前の付けようがない、特別なもの。かといって、そんな大それた何かがあるわけでもない。互いにちょっとずつ、弱いところを曝け出しているだけの奇妙な関係だ。

「はい、ちーず！」

突然、隣で静かだった彼女がスマホを向ける。音もなく、画面が瞬く。

「チェックして？」

「何の？」

「目瞑《つむ》ってない？　ちゃんと盛れてる？」

あぁ、そうか。

彼女の決め顔は置いておくとして、僕の顔はいたって普通だった。突然だったし、不意を衝《つ》かれた真顔に近いものだ。

「分からん。大丈夫なんじゃないかな」

「よし、じゃあいっか」

車両の電光掲示板が次の駅名を示した。同時に流れるアナウンスに耳を傾け、手元の乗車券に目を落とす。

「名古屋まで一瞬だね」

「そりゃ、隣の県だからね。新幹線を使えば二時間もかからないよ」

彼女はスマホに目を落としたまま答えた。

朝の八時半。ちょうど、ホームルームが始まったくらいだろうか。僕と彼女は新幹線の中にいた。当たり前だけど、周りを見渡しても自分たちくらいの見た目の人は見当たらない。

周りにはどう見えているのだろうか。二人とも私服ではある。

出来ることなら、大学生のカップル程度に見られていると助かるのだが。相当な覚悟をして飛び出してきたのに、補導されて連れ戻されたりしたんじゃ、あまりに不格好過ぎる。それこそ、死にたくなるような恥ずかしさだ。

親には一応、書き置きを残しておいた。元々、寛容な性格だし、さほど問題にはならないと思う。特に父親なんかは、むしろ息子の成長を喜んでいるかもしれない。ウチの親はそういう性格なのだ。

「出来た！　あっ、もう着いちゃった！　早く降りるよ！」

まるで僕を急かすような言いっぷりだが、僕は既に荷物を手に持って立ち上がっている最中だった。ちょっと意識しつつも、先にホームへ降りる。

「置いて行かないでよー！」

頬を膨らませて怒る彼女は少しだけいじらしかった。

彼女の手を取る。何の疑問を抱くでもなく、素直に握り返されたのはちょっぴり嬉しかったりする。

「どしたの？　惚《ほ》れた？」

「人、多いからさ。はぐれたら面倒だし」

「ふーん、そっか。そういうことにしておきますか」

その実、照れ隠しというわけではなかった。相貌失認の彼女を心配してなんて知られたら、きっとあまり良い気はしないのだろう。

彼女はありのままを僕に望んでいる。それなら、伝えるべきではない。僕が彼女の手を取りたかったという事実は、確かにその通りなのだから。

名古屋駅からさらに電車を乗り継ぎ、外の景色はビル群から再び自然が濃くなる。

「そういえば、さっき何かが出来たって言ってなかった？」

「ん？　あぁ、これね」

彼女がスマホの画面をすいっとスクロールする。彼女のＳＮＳだった。写真がずらりと並び、その最新の投稿に思わず声が漏れる。

「うそでしょ……」

それは紛れもなく先ほど新幹線で撮った写真だった。写真の下部には『駆け落ち中』と書かれている。

「これで後戻り出来なくなっちゃったね」

意地悪そうに笑う彼女。僕はキリキリと痛む胃に無理矢理水を流し込むことで、何とか冷静さを保っていた。

帰りたくない理由が一つ増えてしまった。

「どうしてくれるのさ……」

「ふふっ、いいじゃん、いいじゃん。私は構わないんだよ」

そりゃ、こんな投稿をするくらいだから、そうなんだろうけど。

「僕が構うに決まってるじゃん」

「どうして？」

「どうしてって……、それは……」

「私、奏汰くんのこと結構好きだよ？」

どうしてこんな時ばかり、彼女と目が合ってしまうのだろう。逃げるように目を閉じると、心臓の高鳴りがうるさかった。

名古屋を出てさらに一時間四十分。長い揺れも特別退屈することなく、僕らはあてのない旅の唯一の目的地に到着した。

同じ駅で降りる人はほとんどが旅行客で、どこか地元を彷彿《ほうふつ》とさせる。

駅前には土産《みやげ》物屋が何店舗か立ち並び、すぐ近くには併設された観光案内所。待ち構えるのは看板を持った旅館のスタッフ。やっぱり、温泉の観光地は大抵どこも同じ構造らしい。大きな文字で『下呂温泉《げろおんせん》』と書かれたモニュメントを見て思う。

「流石に長かった。腰痛いや」

「五時間近くかかったからね。僕も身体が痛い」

幸いだったことと言えば、大型連休翌週の平日だから、旅行客もほとんどいないことくらいだ。

彼女がここを目的地に決めた理由は聞いていない。尋《たず》ねる勇気が僕には無かった。彼女の言う目的とやらが、死ぬ理由に関与していると思ったから。

「流石にチェックインはまだ出来ないから、先に荷物を預けられるか聞きに行こっか」

「ホテルなんていつの間に取ってたの？」

「ホテルじゃなくて、旅館だよ。母親がお客さんに貰《もら》ったんだと思うけど、ペアの宿泊券が家にあってね。勝手に使っちゃった。旅費浮いたね」

彼女について行くと、想像を上回るちゃんとした旅館だった。動きを固める僕と、やたらたじろぐ彼女に対しても完璧な接客でもてなされ、荷物を預かってもらう。

「なんてところに泊まろうとしてるのさ」

「いやー、まさかこれほどいい旅館だったなんて、私も知らなかったんだよ」

彼女は急こう配の坂をゆっくりと下りながら笑って誤魔化した。

「それで、この後はどうするの？」

「私の本当の目的は、ここからまた少し移動しなくちゃいけないからね。今日は観光でもしようよ」

広い山間を流れる川に沿って、温泉街が作られていた。海を主軸にした地元とは正反対で、ようやく旅行気分が芽生える。

食べ歩きの店が多く、近くには合掌《がっしょう》造りの建造物といった観光要素も多くあり、足が無くても半日程度なら退屈せずに済みそうだった。

「ねえ！　大変だよ！　このお店、映《ば》え過ぎる！」

なだらかな坂道に立ち並ぶ店は、意外にも若者を意識した外観やコンセプトの店も多くあった。

その度に彼女は立ち止まり、SNS用の写真を撮る。毎回、僕も巻き込んでツーショットは勘弁してもらいたいけれど。

「焼きおにぎりにバターって、とんでもないカロリー爆弾じゃない？」

「いいんだよ、どうせ一日中歩くんだし。買ってくる！」

当たり前だけれど、めちゃくちゃ美味《おい》しかった。

「岐阜と言えば飛騨《ひだ》牛！　だけど、流石に金銭的に断念かなあ」

高校生の僕たちに、高級なものを食べる余裕なんて無い。しかも、これから先、何にお金がかかるのか分からないのだ。僕も彼女も出来る限りの軍資金をかき集めてきたけれど、それでも贅沢《ぜいたく》をするには心もとない。

「旅館の夜ご飯で出てくるんじゃないの？」

「残念ながら、素泊まりプランなんだよね。夜ご飯は外で食べよ」

なるほど、やっぱり飛騨牛は諦める他なさそうだ。

不意に、彼女の横顔に吸い込まれた。その様子に気が付いたのか、彼女はわざとらしく僕の手を取って歩きだす。

「見過ぎじゃない？」

顔が見えなくても、分かるものなのだろうか。少しうかつだったかもしれない。

「いや、こうして昼間に秋永さんといるのが、すごく不思議で……」

彼女はなるほどという風に頷いた。

「私たち、朝までの関係だもんね」

「嫌な響き過ぎない？」

「ふふっ、本当のことだからしょうがないね」

彼女は元気だ。一口に表現したものの、僕の杞憂《きゆう》を晴らすにはその言葉で十分だった。

彼女はきっと、この旅の中で人生の終着点を探している。それがいつなのかは分からない。

全ては彼女の気まぐれ次第。今、不意にそう思うのかもしれないし、もしかしたら軍資金が尽きて路頭に迷うのが先かもしれない。

彼女が死ぬことを決意した時、僕はどうするつもりなのだろうか。自分でも、分からない。

止めるのか、黙って見過ごすのか。もしかしたら、一緒に――なんてこともあり得るのかもしれない。

彼女の手を取る右手が、じわりと汗ばむ。まだ夏には早いとは言え、五月ももう半ばに差しかかろうとしていた。日によってはかなりの暑さになることもある。

この数か月で、僕は彼女の見方が随分と変わった。たくさんのことを知ったし、彼女の弱さにも触れた。

今の僕は希死念慮を抱く彼女を止めるのだろうか。それとも、彼女に対して芽生えたこの小さな憧れは、僕にも同じ感情を誘発させるのだろうか。

結局、夕飯は洒落たものをなんて出来ず、近くのファミレスで取ることにした。

宿にチェックインし、部屋に通されてようやく、僕はペア宿泊券の意味を理解する。

「同じ部屋……になるよね。当たり前か」

「そりゃ、そうでしょ」

当の彼女は一切気にしていないようで、パタパタとせわしなくルームツアーを決行していた。

部屋の入り口を開けると、すぐに優しい色の畳《たたみ》が目に入る。暖かみのある照明が部屋全体を包み込み、中央には座卓と座布団が置かれていた。窓の外は暗がりにぼんやりと明るく浮き立つ庭園が一望出来る。

「うわっ、部屋に露天風呂がある！　すごい！」

障子《しょうじ》を開ける彼女を追いかけるように覗くと、白い湯気がふわりと立ち込めている。二人用の檜桶《ひのきおけ》の露天風呂だった。

「高そうな旅館なだけあるね」

「テ、テンション上がって来たー！　どうする？　一緒に入る？」

「そんなわけないじゃん。大浴場行ってくるよ」

「あ、待って。私も一緒に行くよ」

事前に二人で四十分後と決めたので、三十分で出ると彼女の姿はまだなかった。自販機で瓶《びん》のコーヒー牛乳を二本買い、彼女を待つ。

僕が彼女を待つというのも、新鮮なことだ。いつも、彼女は先に一人で待っているのだから。

彼女もこんな気持ちだったのかな、と若干そわそわする心地に問いかける。来たら、何を話そう。この後は、どうしよう。そんなことを考えながら、彼女も僕を待っていたのだろうか。

しばらくして、彼女が出てきた。きょろきょろと辺りを見渡す。一度は僕の姿を視界に入れたはずなのに、すっと視線が流れる。僕と同じように出入り口付近で連れ人を待っている人が何人かいるからだ。それも、みんな同じ旅館の浴衣《ゆかた》姿。

彼女は立ち止まったまま、なんとも言えない表情をしていた。冷静を保っているけれど、ちょっと不安そうで、瞳がうつむきかける。

「秋永さん」

僕の声にぱっと彼女の顔が上がる。そして、僕なのか、僕の持つコーヒー牛乳を見たからなのか、すぐに表情を明るくした。

「買っといたよ」

「くぁーっ！　気遣いの鬼過ぎる！　ありがとう！」

彼女に一本手渡し、二人揃って蓋を開ける。上機嫌な彼女にずっと褒《ほ》められていた気がするけれど、僕は湯上りの彼女を必要以上に見ないように必死だった。

部屋に戻ると、大きめの布団が二つ隙間なく敷かれていた。子供の様に布団へダイブする彼女を横目に、僕は布団をずらそうと縁を持つ。

「えっ、何で離しちゃうの？」

「いや、駄目でしょ。流石に」

彼女は首を傾げ、二つの布団の間にまたがるように足を伸ばす。

「いいよ、どうせ無理矢理襲われたら、私は抵抗のしようが無いんだからさ。くっついてても変わんないよ」

「……しないけど」

「知ってるよ。優しいもんね」

けらけらと彼女が笑う。

僕は諦めて布団から手を放し、彼女の隣に胡坐《あぐら》をかく。

「でも、この旅はずっと私と同室なんだし、本当に我慢が出来なくなったら相談してね。ちゃんと考えるから」

一応、考えてくれはするのかと、一瞬、邪《よこしま》な思いがよぎる。

「理性がどうとか、普通にしてたらあり得ない話だから」

「えっ、そうだったんだ。男の人はさ、衝動が抑えられなくなることがあるって聞いてたから、ずっと怖いなって思ってたのに」

「そんなの意志の弱い人の言い訳だよ。もしくは病気」

きっと人は我慢の振り分けが出来るんだと思う。無意識化で我慢することと、しなくていいことで分けている。その取捨選択が人によって違うだけだ。

「良かった。ただれた旅になってしまうところだったね」

彼女は安心したように布団を被《かぶ》る。眠くはなかったけれど、僕も横になった。薄張《うすば》りの天井が月明かりで青白い。慣れない布団の重さに息が詰まった。

やっぱり、夜の空気はどこか重々しい。

不意に手に何かが触れた。じわっと熱が解ける。それはもう一度僕の手に触れた後、ぎゅっと布団の中で握りしめてくる。

少し早い脈は僕のか、彼女のか。

ややあって、僕は天井を見つめたまま言った。

「どうしたの？」

もぞっと、隣で彼女がこちらに寝返りを打つ気配がした。

「手くらい、いいじゃん」

「別に僕はいいけど」

僕しかいないのに、何を言ってるんだ。

「明日、お父さんに会いに行ってみようかと思って」

ちょっぴり意外だった。

「……そうなんだ」

「うん」

「どうして、会いに行こうと思ったの？」

すぐには返事が無かった。ややあって、彼女が呟く。

「お母さんが変なだけで、ろくでもない大人ばかりじゃないって、信じたいからかな」

握った彼女の手が、少しだけ震えている気がした。


山間を走る電車に揺られ、徐々に建物が増えてきた景色を眺めていると、目的地のアナウンスが聞こえてきた。

隣を横目で見る。彼女らしくない大人しさだった。開いたスマホの画面は、先ほど見えた時と同じホーム画面のままだ。その上で二本の指が行き場を無くして彷徨っている。

「緊張してるの？」

弾かれたように彼女が顔を上げる。何だか、色んな感情が混ざり合っているように思えた。

「そう見えた？」

「とっても、ね」

「えぇ～、隠してるつもりだったんだけどなぁ……」

「毎日一緒にいるんだよ？　分かるに決まってる」

どうしてか、彼女に手の甲を抓《つね》られた。

「正直、ちょっとだけ怖い。でも、わくわくもしているの。どうしてかな、相容《あい》れない感情のはずなのにね」

画面を消したスマホを意味も無く指でこすりながら、彼女が呟く。

「お父さんのこと、何か覚えているの？」

「んー、お父さんが出て行ったのは、私が生まれて本当にすぐだったらしいからね。今住んでいる場所と苗字くらいしか分からないかな」

ちょうど、電車が駅に着いた。だから、僕はまだ聞きたいことがたくさんあったけれど、仕方なく彼女への問いかけを呑み込んだ。

「会えるといいね」

ややあって、そんな平凡な言葉で会話を締め括る。

「うん！　お父さん、きっとこんなに成長した私を見たら、びっくりするんじゃないかな」

彼女の父親は、ドラマのロケ地やアニメの聖地で有名な飛騨高山《ひだたかやま》で、土産物屋を営んでいるらしい。

彼女は姿すら覚えていないとのことだが、苗字さえ分かれば、後はしらみ潰しに探していけば見つかるはずだ。

僕が彼女に付いてきても良かったのだろうか。そんな心配は杞憂で、むしろ彼女は僕を引っ張ってでも連れて行く気だったらしい。

なぜ、今さら父親に会いたいのか。彼女の心の内は分からない。

彼女は我慢の振り分けを選ばせてもらえていない。生まれつき、他の人と違うことが多過ぎる。それでも、彼女は周りを疎ましく思ったり、羨《うらや》ましがったりしない。少なくとも、その姿を他の人には見せていない。もちろん、僕にも。

尊敬という言葉で表していいのだろうか。

僕は彼女のことが素直にすごいと、知れば知るほど思う。非凡な言葉だけど、一番適切な気がした。

大人で尊敬出来る人はたくさんいるけれど、同年代でここまで自分との差を思い知らされることは初めてだ。僕が彼女の境遇ならば、とてもじゃないがここまで出来た人間になっていなかったと思う。

電車を降り、空を仰ぐと、どんよりとした雲が一面にかかっていた。空気もどこか湿っている。

駅の周辺は思ったよりも外国人が多く、それなりに賑わっていた。

土産物屋というのだから、駅の近くだと思うのだけれど、彼女は電車を降りてからもどこかぼんやりしたままだ。一体、何を考えているのやら。

彼女の手を引いて歩きだす。

「あっ……」

小さく漏れた彼女の声は聞かなかったことにした。

しらみ潰しで土産物屋に入っては、店員に彼女の父親の苗字を名乗る人物がいるか聞いて回る。

途中から小雨《こさめ》が降ってきた。ぽつぽつとしたもので、まだ傘《かさ》を買うような雨脚《あまあし》ではなかったから、そのまま探し続けた。

その間、僕と彼女の間にこれといった会話は無い。不思議な気分だ。初めて見る彼女に戸惑いはあるが、嬉しくもあった。

彼女の父親が見つかるまで、案外時間はかからなかった。

駅から外れた商店街の一角に、ぽつんと存在する小さな土産物屋。店に入り、レジ前でテレビに目を向ける男性を一目見て、気が付いた。猫のようなシャープな目元が、彼女にそっくりだったから。

父親と思しき男性は店内にいる客に目もくれず、皺の刻まれた口元をぽかんと開けて、画面のアナウンサーに見入っている。よく見ると、唇の色素が薄い。

「どうしたの？」

入口で立ち尽くす僕を彼女が見上げる。

彼女が気が付いているはずはなかった。だから、こんなにも似ているのに、とは言えない。

「……何でもないよ」

店内にいた他の客が出ていくのを見届け、僕は彼女に耳打ちをした。

「秋永さんが尋ねた方がいい」

彼女は不思議そうに首を傾げていた。でも、僕の出る幕はない。今から、僕は完全な部外者なのだから。

「あの……、」

彼女が声をかけると、男性は肩をぴくっと動かし、すぐさまテレビを消して彼女へ向き直る。

「はいはい、どうかしました？」

飲食店の自分の両親と比べると、お世辞にも良い接客には思えなかったけれど、そんなことを気にしているのは僕だけだ。

「少しお尋ねしたいことがあって。えっと、ここら辺に貝住《かいすみ》さんという方はお住まいじゃないでしょうか？」

ここまで僕が口にしてきた一言一句を真似る彼女。

「貝住は私ですけど。ここいらじゃ多分、私だけだと思いますよ」

「えっ……」

彼女が言葉を詰まらせ、助けを求めるように僕を見る。チラッと、男性も僕に目を向ける。まさか目の前の少女が自分の娘だとは思わないのだろう。不思議そうな顔をしていた。

僕は彼女に向けて、小さく頷いた。きゅっと彼女の口が固く結ばれ、男性に向き直る。

店内のささやかなＢＧＭが音をひそめた。ちょうど、終わり際だったのかもしれない。

「あの……っ！　急に変なことを言って申し訳ないんですが。……私、秋永音子と言います！」

珍しく緊張している彼女を、僕は遠巻きに眺めることしか出来ない。

「あきなが……ねこ……？」

男性が小さく復唱する。次第にシミの目立つ顔から、波が引くように表情が失われていった。

彼女は男性の戸惑う気配を感じたのか、急いで言葉を繋げる。

「私、多分ですけど、えっと、あなたの娘……だと思うんです。その、心当たりって、ありますよね？」

男性は彼女の声が届いていないのか、ひたすら呆然《ぼうぜん》と何かを呟く。驚き以外の感情をその表情から見つけるのは難しい。なぜか、僕の手のひらは汗でぐっしょり濡れていた。

「何歳《いくつ》だ……？」

不意に男性が顔を上げて彼女に聞く。その尖った瞳が、少し怖かった。

「ら、来週で十八歳になります。五月二十日……！」

正確な日付を聞き、男性の伏せた瞳が濁る。同時に彼を取り巻く空気が変わった気がしたのは、きっと僕には男性の表情が見えているからだ。彼女には申し訳ないけれど、今は顔が見えなくて良かったと思ってしまう。

「えっと、お父さん、だよね……？　……わ、私、こんなに大きくなったんだよ！　だから、会いに来ちゃった」

ちゃんと出会えた安堵か、喜びか、男性とは正反対に彼女の表情が徐々に明るくなっていく。そんな様子に酷い矛盾を覚える。

「一度、ここにも来てみたかったんだ！　良いところだね、岐阜って。あっ、どうせだから、何かお父さんのお店で買っていこうかな。おすすめとかって——」

「帰ってくれ」

男性はただ一言、そう告げた。

「えっ……？」

男性が小さく舌打ちをする。

「なぜ、今さら顔を見せに来た？　何が目的だ？　なんでここが分かった？　あの女に言われてきたのか？」

強い口調で、男性が捲《まく》し立てるように早口で言葉を連ねる。

「え、っと……」

表情の見えない彼女にとっては急なことだったのだろう。未だに男性の言ったことが汲み取れていないようで、言葉を詰まらせる。

「……やっぱ、いい。理由なんてどうでもいいから、早く帰ってくれ」

そう言い、男性は彼女に背を向け、再びテレビを付けた。ローカルなコマーシャルが場違いに明るい音楽を流す。

「わ、私……、あの、」

もう、彼女の声は男性には届いていなかった。

「……ッチ。ったく、災難だ。まさかあの女、勝手に産んだくせに今さら俺に押し付けるつもりか……？」

じわっと彼女の瞳が潤《うる》んだ。きっと、本人も気が付いていないだろう。でも、その涙が僕に言葉を吐かせるには十分な理由だった。

「あの……！」

思った以上に声が出て、背筋が痺れる。

衝動的に動くのは全く自分らしくない。そんな熱い人間じゃないはずだ。僕は憶病で、弱虫で、いつも逃げて目をそらしてばかりなのに。

「少しくらい、話を聞いてくれてもいいんじゃないですか……？」

男性は何も言わない。そうやって目を合わせないで、向き合おうとしない態度が、まるで自分を見ているようで無性に腹立たしい。

「あなたの娘がわざわざ、こんな遠いところまで会いに来たんですよ!?　どうして、そうやって突っぱねることが出来るんですか！」

やっぱり、男性は何も言わないし、動かない。

「ね、ねえ……」

気が付けば、彼女が弱々しく僕の袖を引っ張っていた。

「もういいよ。……帰ろ？」

「いいわけない……！　絶対……、こんなの間違ってる！」

この男性に過去に何があったのかは知らない。でも、そんなの関係ない。彼女の母親と何があったって、自分の娘に向けていい態度じゃないのは、誰が見たって明らかだ。

「……頼む。金、やるから帰ってくれ」

男性の言葉に耳を疑った。この男は、今何て言ったのだろうか。聞き間違いであってほしかった。

「な、何言ってるんですか……？」

「ここまでの電車賃でいいか？　どっかに泊まってるなら、その分も払ってやる」

本当にどうにかなってしまいそうだった。彼女が必死に腕を引いてくれていなかったら、飛びかかっていたかもしれない。……この僕が？

「そんな話をしてるんじゃありません」

「…………」

「彼女に謝ってください。それで、話を聞いてやってください」

「これ以上騒ぐなら、営業妨害で警察呼ぶぞ?」

「呼んでもいいから!　話を——」

「ご、ごまんっ!」

突然、彼女が大きな声で叫んだ。言葉の意味が理解できず、舌が泳ぐ。

彼女の小さな手が、痛いくらい僕の腕を強くつかんで震えていた。

「五万でいいです……。そしたら、帰ります」

彼女が静かに言う。

「な、何言ってんの……?」

「いいんだよ……。もう、いいの」

男性は一度大きく舌打ちをし、ため息と共にレジから一万円札を数枚取り出した。まるでお釣りのように銀トレーに乗せて、カウンターを滑らせる。

「……ありがとう」

やっぱり目を合わせようとしない男性も、お礼を言う彼女も、何もかも間違っている。

それでも、彼女が必死に涙を堪え、僕に訴えかけるから、もう何も言えなかった。

僕は彼女の泣いている顔を見たくなくて、彼女に引かれるまま、男性に背を向ける。

「……さようなら、お父さん」

店を出る寸前、彼女は振り絞るように言った。握ったお札が皺くちゃになっている。

するっと彼女の手が僕の腕を滑り、手を握った。

果たして、僕はその手を握り返せていただろうか。

僕と彼女は手を放すことなく、長い時間かけて宿に戻った。まだ、陽が高い時間のことだった。


部屋に戻ると、どちらからともなくするりと握られた手が離れる。じんじんと痺れるように熱を持つ手が、行き場を失ってだらりと垂れた。

何を言うべきか迷っていると、彼女が振り向く。

いつも通りの笑顔だった。

ずくっと胸が痛む。

そんなに肩を震わせながらとっていい表情じゃなかった。

「あー、疲れたね！　私、温泉入りたい！　あっ、どうせなら部屋の露天風呂に入っちゃお！　一緒に入る？　入っちゃう？」

喉を詰まらせたような、力の入り過ぎている声だ。もう少しで裏返ってしまいそうで、それだけ震えそうになるのを必死に抑えているのが分かってしまった。悩んで、すごく悩んで、僕は気が付かないふりをした。きっと、僕がいたら彼女はもう泣かないだろうから。

「……コンビニ行ってくる」

間違っているのかもしれない。

分からない。

「そっか。ゆっくり入るから、早く帰ってきてね！」

眩しい彼女の笑顔から背を向けて宿を出た。

温泉街をあてもなくふらふらする。彼女と通った道を歩く度に、会話が鮮明に思い返された。昨日のことなのに、すごく前のことみたいに思えて、微かな寂寥感《せきりょうかん》に包まれる。

駐車場の段差に腰かけ、往来する観光客をぼんやり眺めて時間が過ぎるのを待つ。

これから、どうすればいいのだろう。どんな顔をして彼女と接すればいいのか分からない。

でも、辛いのは僕じゃなくて、彼女だ。じゃあ、僕は何をすればいい。

彼女にどんな言葉をかければいいのかばかり考えてしまう。

僕と彼女の間に取り繕いは必要なのか。

スマホを見ると、宿を出てからもう一時間も経っていた。西に傾き始めた太陽が、伝統とモダンが入り混じった温泉街を橙黄色《とうこうしょく》に染め上げる。

世界が徐々に明度を下げていく様子に、突然言葉に出来ない不安が押し寄せた。弾かれたように立ち上がる。一目散に駆け出していた。

よく考えたら、父親に見捨てられるなんて、死ぬには十分過ぎる理由だ。

部屋に戻ると彼女の姿はなく、余計に鼓動が早まるが、障子の向こうで人影が微かに揺れ動くのを見て、大きく息を吐く。

もう一度、部屋を出るという選択肢が浮かび、しばらく立ち尽くしてしまった。自分も大浴場に行こうと考えたが、荷物は障子の奥の床《とこ》の間に置いてあるので断念せざるを得ない。結局、障子を背に畳の上に寝転がる。

「なんだ、帰ってたの」

そんな声が聞こえたのは、障子が開く音とほとんど同時だった。

「ついさっきね」

ゆっくりと振り向く。

赤く腫れた目元を見て、僕は立ち上がる。コンビニ袋のまま冷凍庫に投げ込んでいた中から保冷剤を取り出し、タオルを巻く。

見て見ぬふりでも良かった。けれど、自分の気持ちに従うことにした。

「こっち来て」

彼女は何を言うこともなく、素直に正面に座った。きょとんとした瞳を遮るように、彼女の目元へ保冷剤を宛てがう。瞼がぱちっと動くのが伝わった。

「別にそのままでも良かったのに」

「明日にはもっと腫れちゃうよ」

「奏汰くんしか見ないんだからいいじゃん」

彼女の声が軽くて、そっと安堵の息を吐く。

「駄目だよ。泣いた跡ってのは傷みたいなものなんだ。そんなの僕以外の誰にも見せてほしくない。だから、ちゃんと冷やしておかないと」

彼女の猫のように丸めた手が僕の膝を軽く叩く。その意味は僕にはよく分からなかったけれど、怒ってるわけじゃなさそうだ。

しばらく、沈黙が続いた。開けっ放しの窓から、露天の湯が零れる音だけが部屋に響く。

「——大丈夫、僕はずっと秋永さんのそばにいるよ。絶対、見捨てたりしない」

気が付けば、そんなことを口走っていた。本当はまだ少し震えた彼女を抱きしめたかったけれど、そんな勇気は僕には無かった。

「……やめて？　また、泣いちゃいそう……」

「でも、僕にはそれくらいしか出来ないから」

さっき、彼女を独りにしたことを後悔した。最初から、こうしてそばにいてあげれば良かったんだ。

「あのね、」

彼女がぽつりと呟く。その口元が少しだけ綻《ほころ》んでいた。

「お父さんに色々言われちゃって、今日はまた幸せじゃなくなっちゃったなぁと思ったんだけど。でもね、奏汰くんのおかげで、むしろ昨日よりも幸せかも」

「秋永さんは強いね」

「違うよ、奏汰くんがすごいんだよ。魔法使いみたい」

「何それ、僕は魔法なんて使えないよ」

彼女が微笑むから、僕もちょっと笑った。

五分ほど冷やすとだいぶ腫れが引いた。これなら、明日には完全に治まっているだろう。

「ありがとう。でも、優し過ぎるのもちょっと考えものだね」

「優しさじゃないよ。ただの僕の自己満足」

「うん、そういうことにしておくね」

色々と聞きたいことはある。話さなくちゃいけないことだって、たくさん。でも、今は彼女の曇った表情は見たくなかった。

彼女が大きく伸びをする。

「さて、お腹空《なか》いたし、ご飯行こっか。今日は無礼講《ぶれいこう》だよ」

彼女がにやっと笑い、座卓に置かれていた例のお札をつかみ取る。

「もしかして、そのために……？」

「やっぱりさ、飛騨牛食べたいじゃん？」

僕は苦笑いで返すことしか出来なかった。


大浴場を出ると、今日は彼女の方が先に出ていた。

「はい、昨日のお返し」

ぬるいコーヒー牛乳を受け取る。そんな長い時間、待たなくても良かったのに。

「秋永さん、人のことあんまり言えたもんじゃないよ」

「どういうこと？」

彼女をこれ以上待たせるのは気が引けた。一息に飲み干す。

「優し過ぎるのも問題だねってことだよ」

自分で言って、ちょっと笑えた。

「私の信条はやられたらやり返すだからね」

部屋に戻ると、やっぱり布団は横並びで敷かれていた。時刻は既に日付をまたごうとしている。朝型の僕と彼女にとっては真夜中と言っても過言じゃない。

身体が眠気を訴える。それでも、今日中に話しておきたかった。そうしないと、きっといつまで経ってもその機会は訪れないだろうから。

彼女もそのつもりなのか、電気を消して布団に入っても眠る気配は見せなかった。

「頬の怪我、痕が残らないで良かった……」

自然に、彼女が独り言ちる。ぼんやりとした灯かりが、彼女の肌をうっすらと照らす。

僕は天井のシミをわけもなく目で追いかけ、渦巻く感情を落ち着けるのに精いっぱいだった。

「でも、今日は驚いたな。まさかお父さんにあんなに拒絶されるとはね。私も予想外だったよ。流石にちょっと傷付いちゃったかな」

「僕ならとっても傷付くね」

寝返った彼女が、きっと僕の顔をじっと見つめている。そんな気がした。

「ごめん、うそついた。実は泣いちゃうくらいには悲しかった」

気の利いた言葉が何も浮かんでこなかった。いっそのこと、学校での奏汰になり切ろうと考え、やっぱりやめた。

彼女には真摯に向き合いたい。本当の自分でありたい。だから、無理に言葉を振り絞らなかった。

「よし、お父さんのことはきっぱり忘れちゃおう！」

「忘れられるの？」

彼女は少し考えるように唸り、「どうだろう……」と呟く。

「私さ、顔が分からないからなのか、人との記憶があんまり残らないんだよ。自己防衛みたいなものなのかな。もちろん、親しい人とのことはちゃんと全部覚えてるよ？」

そんな簡単な話なのだろうか。

母親からは虐待まがいのことをされ、あまつさえ父親にも見捨てられた。そんな記憶が、傷が、すぐに消えるとは思わない。

僕の疑問を追いかけるように彼女が続ける。

「私にとって、人との記憶とか思い出の大きさって、私がそれを覚えていることで幸せに感じるかどうかで決まるの。そうやって、私はここまで生きてきたんだよ」

生きてきた。

その言葉がやけに重たく感じた。でも、本当にその一心で記憶の取捨選択が出来るのなら、彼女がその才能を持っていて良かったと心から思う。

「忘れられるなら、忘れた方が良いのかもしれないね」

随分、無責任な言葉だったかもしれない。どんな残酷《ざんこく》な結末だとしても、彼女と父親の唯一の記憶だ。

「うーん、でも忘れられないかなぁ」

「さっきと言ってること違くない？」

「お父さんの姿と声はきっとすぐ忘れちゃうよ」

湿りを帯びた曇り声だった。

「じゃあ、何が忘れられないの？」

「だって、奏汰くんが怒ったの初めて見たんだもん。しかも、君には関係ないことなのに、私のために怒ってくれた。忘れるなんて、出来っこないよ」

僕も、今日の出来事は記憶に深く刻まれるだろう。思えば、誰かに怒ったのは久々だった。というか、初めてかもしれない。

僕は怒りという感情を持つのが苦手だ。

今までの人生はずっと立ち向かうのではなく、必ずと言っていいほど逃げてきた。だから、未だに今日の自分の行動には、僕でさえ理解が追い付いていない。でも、あの時の感情は間違いなく怒りだった。それだけは確かだ。

「奏汰くんがお父さんに怒ってくれた時ね、私も動揺してたからちゃんと言えなかったけど、本当にありがとうって思ってるんだよ」

「でも、結局何の役にも立てなかったし」

なぜか声が震えた。喉が渇《かわ》いて仕方がない。

彼女が「分かってないなぁ」と笑う。

「類の怪我ね、お母さんに殴られたの。まあ、私もマズったなぁとは思ったんだけど、それでもやっぱりすごく悲しくて、悔しくて。……怖くて」

彼女は忘れたいであろう記憶を掘り起こすように、ゆっくりと語った。

その日は、彼女が家を出るのがほんの少し遅れてしまったことと、彼女の母親が男を連れて帰ってくるのが早かったことが重なってしまった。それでも、僕に連絡をしてくるずっと前、まだ四時半の出来事だ。

母親は男に向かって「気にするな」と言った。しかし、酒の入っていた男はじっと突っ立ったまま、彼女を見続けた。足先から髪の先まで、吟味《ぎんみ》するように視線が這う。

母親の機嫌が悪くなるのと、男の行動の意味を彼女が理解したのはほぼ同時だった。

「その時、お母さんが男の人に向かって言ったんだよ。……私じゃなくて、娘を買うなら五万だって」

どこかで聞いた言葉だった。

「最初はお母さんが何を言っているのか意味が分からなかったんだ。それより、早く家を出なきゃって思って、荷物まとめてさ。でも、男の人が私の肩をつかんだ瞬間、ぜーんぶ分かっちゃった」

堪らず、布団の中で彼女の手を握った。彼女は「仕方ないなぁ」と笑いながら握り返す。

「男の人は酔ってたし細かったから、突っぱねるのは簡単だったよ。まっ、その代わりに貰ったのが、お母さんのぐーぱんちだったけど」

──大事な客に何するんだ！

「流石に酷いよね。お母さんは娘よりもお客さんの方が大切なんだってさ」

聞いてるだけで、泣きそうになった。

神様がいるのだとしたら、彼女に厳し過ぎる。そして、彼女自身が自分の境遇を疎ましく思わないように性格付けしたのだとしたら、それはとても残酷で、残忍だ。

「神様って不平等だよ……」

だって、そうじゃないか。どう見ても、彼女は僕や他の人とは歩んできた道のりが違い過ぎる。あまりに過酷で、障害が多過ぎて、僕ならきっとすぐにくじけているに違いない。

それなのに、彼女は何一つとして疑問を持たないし、まるで当たり前のことだと言うように生きる。それがどれだけ難しいことなのか、きっと彼女は分かっていない。

そのことが、一層僕の胸をはた迷惑に痛めつける。

「――信仰とは、理性の延長である」

不意に彼女が言った。誰かの言葉の引用であることは間違いなかったけれど、随分賛否の分かれそうな言葉に思えた。

「三浦按針の言葉だよ。神様は人間の想像出来る内側にいる存在。つまり、この世界に神様なんていう超越した存在はいないんだよ。だから、私は自分のことを可哀想とは思わない。神様に虐《いじ》められているわけじゃないんだからさ」

彼女がそう言うなら、そうなんだと思った。彼女が三浦按針を尊敬するのなら、彼女を尊敬している僕もまた、彼を尊重できる。

「でも、僕は秋永さんみたいには生きられない……。僕がもし秋永さんの立場なら、どうしたって理不尽に感じてしまうだろうし、きっと僕は悪くない、こんな境遇に置いた周りが悪い。そう考えると思う……」

随分と言葉足らずだ。僕の心の内を言語化するのはとても難しい。でも、多分彼女には伝わってくれるはず。

「私はね、奏汰くんが思っているような明るい子ってわけじゃないんだよ。実はすっごく負けず嫌いなの。だって、なんだかムカつくじゃん。私の人生が、気持ちが、他人に捻じ曲げられるのって」

とても落ち着いた声色だった。彼女は天井をじっと見つめ、続ける。

「もし神様がいてさ、全部決められていることなら、理不尽だなぁ、なんで私だけって思うかもしれないよ？　でも、違うじゃん。運命なんて、そんなの無いよ。自分が悪くないって思うなら、戦わないと。私にとって、このムカつくっていう感情を抱え続けることが、他人の悪意に自分を変えられないための戦いなんだよ。」

ずっと、隣で彼女を見てきた。どんな理不尽にも屈しない、死のうとしているくせに、投げやりにならないで毎日強く生きている。

そんなまっすぐな姿が、逃げ続けている僕にはとても輝いて見えて、だから憧れたんだ。

先生の言葉を思いだす。

本当に大事なことにだけ、逃げずに全力で立ち向かえ。

僕はどうだろうか。奏翔は僕にとって本当に大事な存在のはずなのに、逃げ続けていていいのだろうか。

「僕も、秋永さんのように胸張って生きてみたい」

うそ偽りのない本心だった。言葉にするとすごくチープで、薄っぺらく感じる。きっとそれは僕が言ったからだ。

「奏汰くんは私なんかより、ずっと勇気があるよ」

「でも、僕は戦えないし、すごく憶病なんだ」

「そんなことな——」

「あるんだよ。……奏翔が僕のために我慢してくれているのに、僕は奏翔を助けないで逃げ続けているんだ」

彼女がゆっくりと身体を起こすから、僕もつられて起き上がる。灯籠《とうろう》型の照明が、ゆらりと二人の影を揺らす。

罪悪感に押し潰されそうだった。

それでも、彼女には聞いてほしかった。だから、全部打ち明けた。小学校の時のこと、そして、今まさに奏翔が芹沢に暴力を振るわれ続けていて、僕は見て見ぬふりをしてしまっていること。

僕が話し終わるまで、彼女は全てを静かに聞いてくれた。

彼女の瞳がまっすぐに僕を捉える。

「大丈夫、奏汰くんなら戦えるよ。だって、君は私のために戦ってくれたじゃん。私には出来なかったこと、代わりにしてくれた。ここにちゃんと救われた人間が一人いる。だから、忘れない。お父さんの姿、声を忘れても、君の勇気は絶対に忘れない」

「でも……」

「奏汰くんがその勇気を忘れてしまうなら、私が何度だって思いださせてあげる。だから、大丈夫だよ」

気を抜けば、泣いてしまいそうだった。

僕も戦いたい。

せめて大事な人を守れるように。彼女の笑顔が曇らないように、僕が胸を張って生きられるように。

「ねえ、今、どんな顔してるの？」

彼女がそっと僕の頬に手を伸ばす。

触れた箇所が熱い。彼女の熱と僕の熱が溶け合う。

「君の顔、見てみたいな……」

彼女のその言葉が、僕は忘れられないでいた。

昨日は結局、寝るのが遅くなった。疲れていたこともあるけれど、僕は目覚ましかそれに準ずる彼女のメッセージがないと、やっぱり朝には弱いらしい。

目が覚めて天井がすっかり明るいことに気が付く。障子越しに木目を揺らめく光の波紋は、どこか朝の海面を想起させる。

徐々に思考が追い付いてきた。多分、日の出は過ぎている。背中を冷たい何かが走り抜け、勢いよく飛び起きた。

心臓がうるさい。

この旅の間はもう早く起きる必要は無いと、昨日知ったはずなのに。分かっていても、やけに胸がざわついた。

それからようやく、隣の布団が綺麗に畳まれていることに気が付く。眠るまで握っていたはずの左手は、だらしなく半開きで畳の上に垂れていた。

息がくっと詰まる。

気が付くと、僕は部屋を飛び出していた。廊下で何人かの宿泊客とすれ違い、その全員が僕を振り返る気配がする。

――今、どんな顔をしているの？

彼女の言葉が鮮明に思い返される。

全員を一様に二度見させるって、僕はどんな顔をしているのだろう。きっと今にも泣きだしそうで、引き攣った、醜い表情をしているに違いない。

外出用の下駄がすごく走りづらかった。宿を飛び出し、外壁をつんのめりながら曲がる。

急こう配の坂の途中に彼女はいた。僕に気が付いていないのか、晴れ渡った青い空を見上げながらこちらに歩いてくる。その姿を見て、僕は大きく安堵の息を吐いた。

「秋永さん……！」

まだ心臓がうるさくて、からからの口に舌が引っ付く。

ようやく僕に気が付いた彼女が、コンビニ袋を揺らしながら、不思議そうに小走りで駆けよってくる。その身体を、僕は反射的に抱きしめていた。

彼女の身体がびくっと震え、少しして温かい腕が僕の背にそっと触れる。

彼女の体温が、匂いが、息遣いが、僕を包み込む。

人に見られたって構わなかった。そんなことより、僕は無意識に彼女を求めていた。

「どうしたの？　急に、びっくりするよ？」

「何でもない……。ごめんね？」

心配は杞憂なものだった。もしかしたら彼女はどこかで飛び降りようとしているんじゃないかと、僕が早とちりしただけ。それだけのことだ。

「ふふっ、変なの」

彼女が僕の背を優しく擦るから、僕は力いっぱい彼女を抱きしめた。

彼女を思う気持ちが止められない。たった一晩で、感情のコントロールの仕方が下手くそになったみたいだ。

こんなの僕らしくない。昨晩から、彼女には恥ずかしい姿ばかり見せている。情けなくて、女々しくて。だけど、彼女はそんな僕をしっかり受け止めてくれるから、余計に駄目だった。

「朝ご飯買ってきたんだよ。部屋に戻ろ？」

「……うん」

その日は一日中、部屋でごろごろ過ごした。会話をしている時も、暖かい日差しに微睡む時も、彼女と過ごす全てが心地良い。このまま、毎日ずっと同じ刻《とき》が流れればいいのに。本気でそう思った。

彼女はどう思っているのだろう。

この旅は、彼女の終着点を見つけるものだ。その意思は変わっていないのだろうか。何となく、後悔する気がしたから引き留めていたのに、今では心の底から彼女には死んでほしくないと思っている。

でも、そんなことを彼女に言えるはずがなかった。浅ましくて、傲慢《ごうまん》な思いを押し殺し、ただただこの握った手が離れて行かないことを願うしかない。

どうすれば、僕は彼女の生きる希望になれるのだろうか。


次の日、僕と彼女は新しい場所へと向かうことにした。もちろん、行き先も目的も決めていない。ただ、彼女が遊園地に行きたいと言ったから、大きな遊園地がある場所を目指した。

何時間かかったって構わない。時間はたくさんある。

僕と彼女はまだ、大人じゃない。

県を二つまたぎ、まだ太陽は高い位置にあったけれど、僕と彼女は遊園地の近くにあるネットカフェのカップルシートでその日を過ごした。遊園地は朝一からに限る。二人とも同じ意見だったからだ。

二台並びのパソコンと、敷き詰められたクッション性のある床だけの小さな個室は、二人で寝転がれば隙間がほとんどない。

それでも、この狭い空間は高級な旅館の一室よりも心地良かった。そう感じたのは、僕だけだろうか。出来れば、彼女も同じ思いだと嬉しい。そんなことを考えながら、彼女と肩を寄せ合い眠りにつく。

全部のアトラクションに乗る、といういかにもな目標を掲げて挑《いど》んだ遊園地は、一日なんかじゃ全然回り切れなかった。西日に傾いた頃、二人して無理だと悟った時は顔を見合わせて大笑いした。

最後にお化け屋敷に入った。観覧車ではないのが僕と彼女らしい。案の定、僕の方がびびって、陽気な彼女に手を引かれるがまま出口までたどり着く。僕は情けなく感じたけれど、彼女はそんなことを歯牙《しが》にもかけなかった。

どんどん、旅の出発地点から遠ざかっていく。その行為が反逆の象徴のようで、嬉しくて堪らなかった。

子供じみた考えだということは理解している。でも、こんなにも心が躍ったのは生まれて初めてだった。大人たちには若気《わかげ》の至《いた》りという言葉で片付けられてしまうのだろう。実際、その通りだ。それでも、僕たちの最後の悪あがきには、誰だって口を出す権利は無い。

彼女は来週、僕は来月、誕生日を迎える。もう立派な成人で、世間から見れば大人の枠組みに入ってしまう。

変わりたい、大人に劣らない人間性を持つ彼女のようになりたい。そう思いながらも、彼女と共に逃げ続ける僕がいた。

この旅には明確な終わりが存在する。僕はまだ死ねない。死にたいとはやっぱり一度たりとも思わないし、やり残したことだってある。それでも、彼女の気が済むまでは付き合おうと思う。その結末がどんなものであれ、僕は見届けなければならない。

あの日、彼女を止めた僕にはその責任がある。

次の日は僕の一言で再び移動に費やすことになった。好きな食べ物を聞かれた際、何気なしにたこ焼きと言ったのが元凶だ。

「私、たこ苦手なんだよね」

大阪に着いてから聞いた話だった。その何気ない一言が、僕をまた彼女に溺《おぼ》れさせる。

きっと、着く前に言ってしまえば、僕が遠慮することを分かっていたのだろう。その優しさも、僕に隠し事をしないでくれる姿勢も、全部伝わってしまった。

「やっぱり、優しいんだよなぁ」

「ん？　それ私の真似？」

「そうだよ」

「似せる気ないでしょ〜」

彼女の笑顔が眩しい。

僕はしっかり笑えているだろうか。作りものじゃない、本物の笑顔で。

大阪のついでに、奈良と京都も数日かけて観光することにした。平日の昼間に修学旅行生に紛れて、私服で彼女と歩くのはどこか優越感に近いものがある。

「何だか、修学旅行でカップルが抜け出してるみたいだね」

彼女に言われた時は、僕の思考が筒抜けなのかと心配した。

「じゃあ、沖縄に行った時は本当に二人で班抜けて観光しようか」

「あっ、そっか。私たち修学旅行まだじゃん」

僕たちの高校の修学旅行は九月だ。忘れていたのか、それとも考える必要が無いのか。話題のチョイスを間違えたかもしれない。

「じゃあ、沖縄でも二人っきりだね。でも、みんなにからかわれるよ？」

バレないようにほっと胸を撫で下ろす。

「今さらでしょ」

「それもそうだね」

そう言いながら、彼女は僕を撮る。

「またSNSに上げるの?」

「これは違うよ。私だけのもの」

ちょっとずるいなと思った。だから、僕もスマホを取り出して彼女に向ける。それに気が付いた彼女は女子高生らしくポーズを取るのではなく、無邪気に笑って子供のようなピースサインを僕にくれた。

「どう? 私、可愛い?」

「令和版口裂け女か何か?」

「ふふんっ、私からすれば口裂け女ものっぺらぼうだよ」

胸張って言うものだから、つい笑ってしまった。こんな取るに足らないやり取りが、ずっと続けばいいなと思う。

「ねえ、」

雑踏の中、彼女が立ち止まって振り返る。猫のような双眸《そうぼう》が、僕の輪郭《りんかく》を捉えていた。

「楽しいね!」

屈託《くったく》のない笑顔が、不意に僕の胸をざわつかせた。

「そうだね」

「幸せだね！」

「……そうだね」

彼女が僕に手を差し出す。その意味が、僕には分かる。最後まで僕に付いてきてほしいと、手持ち無沙汰《ぶさた》に虚空《こくう》を撫でる小さな手が言っていた。

病気も、恵まれない環境も、彼女に死を抱かせてはいない。

未だに、何が彼女に希死念慮を抱かせるのか分からなかった。それでも――。

「だから、次で最後だよ」

名残惜しそうに彼女が言う。

僕は彼女の手を静かに取った。

五章　そして、朝が来る

彼女は言った。

「本当は、ずっとずっと、ずぅーっと！　奏汰くんとこうやって色んなところに行きたい！」

「じゃあ、なんで……」

その先の言葉がどうしても出てこない。

彼女は静かに首を振る。だから、僕もそれ以上は聞けなかった。

彼女は僕の手を引いて、東京行きの新幹線に乗り込んだ。

「行き先くらい、教えてくれてもいいんじゃない？」

「いつもの公園は太陽が山向こうから昇ってくるから、全然見えないじゃん？　だから、ちゃんとした夜明けを見に行こうと思ってね」

最後、と宣言したのにもかかわらず、彼女はずっといつも通りだった。どこで覚えたのか分からない雑学を鼻高々に披露したり、隙あらば僕を撮ったり、まるで今が平凡な旅の続きだと僕に伝えているみたいだ。

見届けると決めたのに、あの手を取ったのに、気を抜けば「嫌だ」と言ってしまいそうで、上手く話せなかった。

「次、降りるよ」

「え？　次って……」

それは僕と彼女がこの旅の初日に新幹線に乗った駅だ。もしかして、彼女は帰ろうとしているのだろうか。

新幹線を降りると、見慣れた景観がとても怖かった。まるで今までがずっと夢の中で、急に現実へと引き戻された錯覚に陥る。

僕の手を引いて、彼女が在来線に乗る。やっぱり、それは旅の出発地点、僕たちの町へと向かうものだった。

一週間ぶりの地元の海を車窓から覗く。夕焼けが反射し、一面が燃えていた。

たったの一週間なのに、随分と久しぶりに思える。それくらい、僕にとっては刺激的で、開放感があって、何より自分の気持ちに変化があった旅だった。

だからこそ、足取りが重たい。彼女が言ったように、僕だって出来ることならば、ずっと彼女と二人きりでいたい。

でも、彼女も僕もそれは出来ない。いつか、絶対に終わりが来るのだと理解していた。

分かっていたつもりなのに、それはあまりにも急で、いざとなると足が震えてしまう。

人が変わるのは一瞬だけれど、戻るのだって一瞬だ。だから、僕は彼女にバレないように必死に歯を食いしばって震える身体を押さえ続けた。こんな時まで彼女に頼っていたら、いつまで経っても彼女の横を歩けない。

変わると決めたんだ。

そして、旅の出発地点。僕と彼女の最寄り駅に到着する。しかし、隣の彼女はぼんやりと海を眺めたまま席を立とうとしなかった。

「降りないの？」

「まだだよ。……まだ、旅は終わってないんだよ」

ゆっくりと景色が動きだす。この先はしばらく南下して、一時間もすれば終点だ。路線図を頭の中に浮かべて、彼女の目的の場所が分かった。

「なるほど、あそこなら確かに綺麗な日の出が見れるね」

「まあ、別に見れるならどこだって良かったんだけど。知らない場所が最期って、なんか嫌じゃん」

さらに三つの駅を経由し、僕と彼女は電車を降りる。

既に外は薄暗く、人はほとんどいない。一応、リゾート地としてそこそこ名が知れているらしいのだけれど、言ってしまえば田舎だ。僕たちの住む町と同じ市だが、ここはその端っこ。少し歩けば田んぼだって見えてくる。

駅を出て、一番近くのビジネスホテルに泊まることにした。ちょうど一室、ダブルベッドの部屋が空いていて助かった。

別に彼女となら、どこだって関係ない。それに僕は一秒でも長く、二人きりでいたかった。

何だか色々あった気がして、部屋に入った瞬間どっと疲れが押し寄せた。

「おぉー！　これがビジネスホテルのお風呂なんだ。ちょっと狭いかも！」

はしゃぐ彼女の声が浴室から聞こえてくる。

「せっかくだし、一緒に入る？」

その言葉にちょっとだけ一日目を思いだした。長かったようで、短い。

「早く入ってきなよ」

「ちぇーっ、私ってそんなに魅力ないかな？」

「僕からすれば世界一魅力的な人だよ」

だからこそ、大切にしたい。

彼女は頬を軽く染め、それを隠すように微笑む。

「言うようになったじゃん。私はね、奏汰くんの素直な気持ちを全部知りたいんだよ？」

「努力はするよ。僕だって、秋永さんには知ってもらいたいと思ってる」

「そうなんだ。似た者同士だね」

僕は彼女を追いかけているのだから、似ていくのは必然なように思える。それでも、彼女に言われるとむず痒くて、嬉しいというより誇《ほこ》らしかった。

彼女を待つ時間はすごく長く思える。

やっぱり、一緒に入るべきだったかなとか、ちょっと思ってみたりして。でも、それも違う。自暴自棄《じぼうじき》みたいで後悔の念が残るのは明白だ。

一緒にいられる。それだけで心の底から幸せなんだから、それ以上に望むことは何もない。

彼女と交替で風呂に入る。いつもより少し熱めのお湯に打たれると、身体中がじんじんと痺れた。

色々なものが剝《は》がれ落ちていく。ずっとざわついていた胸中が静かになってしまった時は、すごく焦った。

同時に疑問に思う。僕はどうしたいのだろう。彼女が死ぬその時まで一緒にいたいのか、それとも、やっぱり死んでほしくないから彼女を止めたいのか。

今さら考える時間なんて無いし、もったいない。無駄に先のことばかり考える癖はまだ抜けそうもない。

風呂を上がり部屋に戻ると、やけに静かだった。

大きなベッドで静かに寝息を立てる彼女の姿。照明を薄暗くしてベッドサイドランプを付けると、急に眠気が押し寄せてきた。緊張の糸が切れたらしく、身体が重い。

彼女の隣に横になった。思ったよりも沈むベッドに、彼女がうっすらと瞼を開ける。何度かゆっくりと瞬きをして僕を認識すると、満足そうに微笑みを零す。

「ごめん。起こしちゃった」

「ううん。もったいないから、良かった」

「もったいない？」

「だって、もっとお喋りしたい。少しでも長く奏汰くんの声を聞いていたいから」

彼女の手が僕の頬を優しく撫でる。そのまま、ゆっくりと鼻先、目元、そして唇へと、彼女の手がなぞる。

「もしかして、私よりも睫毛長い？」

「そうかな？　確かによく言われるけど」

「いいな〜、羨ましい」

言葉とは裏腹に彼女が嬉しそうに笑う。

「どうしたの？」

「ふふっ、見えなくても、奏汰くんのことちゃんと分かったのが嬉しくて」

何度も彼女は僕の顔を撫でる。まるで、必死に覚えようとしているみたいだった。

彼女が僕を知ろうとしてくれていることが、堪らなく嬉しい。

「君は心がイケメンだね」

「それ、男子的にはあんまり嬉しくない台詞《せりふ》。でも、秋永さんに……ね、音子に言われるなら、えっと……すごく嬉しい」

彼女の手が背中に回る。ぎゅっとくっついた彼女の熱が、堪らなく熱い。溶けてしまわないか心配なくらいだ。

「私にとって、最高の褒め言葉だからね。私がこんなこと言うの、奏汰くんだけだよ」

首元にかかる彼女の吐息《といき》が少しくすぐったかった。

軽く抱きしめると、彼女は強く抱きしめ返す。

長いこと、言葉も交わさずに互いに熱を感じ合った。

このまま世界が止まってほしい。あれだけ憎らしかった神様に初めて本気で願った。

「ごめんね、ここまで付いて来てもらっちゃって」

不意に彼女が呟く。

「違うよ。僕は自分の意思で音子と一緒にいるんだ」

ぐりぐりと彼女が額を僕の肩へと押し当てる。

「じゃあ、ありがとうだね」

「うん……」

責任だとか、自分のためとか、そんな言い訳はもう必要ない。僕は彼女と一緒にいたい。だから、彼女の手を取ったんだ。

身体を起こし、鞄を漁る。彼女が不思議そうに肩越しに覗き込む。

ラッピングの施された小包を取り出し、彼女に手渡す。

「明日、誕生日でしょ？　だから、プレゼント」

彼女は驚きの表情を隠すことなく、僕を見上げた。

「えっ!?　うそっ、くれるの？」

照れくさくて、ぎこちなく頷く。すると、彼女の表情が一気に明るくなった。

「全く、君は良い男過ぎるよー！　嬉しいなぁ、何だろ？」

彼女がラッピングをほどいてる間、僕は落ち着かずにそわそわと視線を左右に意味もなく揺らす。人にプレゼントを渡したことなんて無いし、喜んでもらえるのかがすごく不安だった。

包装紙が丁寧に開けられ、小さな入れ物が姿を見せる。彼女はちらっと僕を見て、その入れ物を開けた。

僕が彼女のために選んだ物、それは猫の模様が彫り込まれたつげ櫛《くし》だった。

「えっと、海沿いって風が強いじゃん。いつも乱れた髪を手で整えてたから、櫛があれば便利かなって……」

聞かれてもいないことをつらつらと喋ってしまうのは、きっと緊張のせいだ。

気に入ってもらえなかったら、どうしよう。それに櫛をプレゼントするのは

〝苦〟や〝死〟を連想させるからあまり良くないと、何かで見たことがある。でも、僕はそんなの関係なくて、とにかく彼女のために何がいいのか必死に考えた結果だった。

怖くて見られなかった彼女の表情を恐る恐る確認する。彼女はそっと涙を零し、身体を小刻みに震わせていた。

「ど、どうした……?」

彼女が震える手で櫛を大事そうに取る。

「嬉しくて、すごく幸せで……。幸せ過ぎて困っちゃう」

「そんな大層な物じゃないよ」

彼女がゆっくり首を振る。

「私のために、奏汰くんが選んでくれたことが堪らなく嬉しいの」

「そっか、喜んでくれたなら良かった」

「うん、ありがとう!」

彼女が笑うと、瞼に堪った雫《しずく》がはらりと頬を伝う。柔らかな明かりが、彼女の儚い笑顔を優しく映す。まるで、いつまでも沈まない夕空の下にいるみたいだった。

僕と彼女はいつまでも抱きしめ合った。噛み締めるように求め、互いの熱をずっと感じていた。

一度だけ、キスもした。

幸せ過ぎて、どうにかなりそうだ。今日で僕の人生が終わりと言われても、すんなりと納得できてしまいそう。

いつの間にか微睡んでいた意識のすぐそばで、彼女が声を漏らす。

「幸せだなぁ。ほんっとうに、幸せ……」

何度も彼女は独り言のように繰り返し、僕はその優し気な言葉にいつしか眠りについた。

〝いちばん大事なことに一番大事ないのちをかけてゆく〟

靴ひもを結びながら、相田みつをの言葉を思いだした。

一体、彼女にとって大事なこととは何なんだろう。その命をかけるに値するものなのか。

未だに彼女の動機が分からないまま、まだ真っ暗な外へと足を踏み出した。

彼女が晴れやかな表情で僕を待っている。

とてもじゃないけれど、今から人生の幕引きをするとは思えない。生き生きとした雰囲気を漂わせ、彼女は僕に告げた。

「それじゃあ、行こうか」

まだ星が顔を見せる最中、僕と彼女はささやかな反逆の締め括りへと歩きだす。

道中、自販機で飲み物を買った。彼女は缶コーヒー、僕はペットボトルの紅茶を。

別に特別好きなわけじゃないけれど、決まって彼女と会う時は紅茶を買っていた。

変わったことと言えば、取り出したそれはひんやりとしているということだけだ。

凍えるような寒さなんて、すっかり昔のことのように思えた。今日は二人とも薄着だ。日中は暑くなるのだろうけれど、まだ陽の出ていない今は穏やかな気温だった。

僕と彼女はいつも通り、何てことのない話をしながらゆっくりと歩いた。

車も通らない道路を等間隔に街灯が照らす。前にも後ろにも長く続く一本道に、二人の声だけが響く。鳥の囀《さえず》りも、虫の鳴き声も聞こえない。

まるで、世界に僕と彼女しかいないみたいだ。

それも別に悪くない。素直に思った。

三叉路《さんさろ》を抜けると、潮の香りが微かに鼻腔をくすぐる。すぐに清涼な軽い風が歓迎するように肌を撫でた。

「もうすぐだね」

彼女の言葉に僕は意外にも胸中が穏やかだった。ホテルを出るまでざわついていた心が、まるでうそのように凪いでいる。

「そうだ。ちゃんと言ってなかったや。誕生日おめでとう」

彼女がちらっと僕を見る。そして一瞬の間の後、緩やかに笑みを浮かべた。

「ありがとう」

「十八歳か、もう成人だね」

彼女からの返事は無かった。

代わりに彼女が前方を指さす。

「見えてきたよ」

木々の生い茂るハイキングコースの先に、一面の水平線が覗いていた。

「あちゃー、やっぱり人いるや。ここじゃ駄目だね」

切り立った崖《がけ》と崖を結ぶように橋がかかっている。高さ二十三メートル、長さ四十八メートルにも及ぶ長い吊り橋だ。上からはどこまでも続く海原を一望でき、真下を見れば、白波が荒れ狂う溶岩の岬《みさき》が姿を現す。

「観光名所だからね。仕方が無いよ」

吊り橋の真ん中に数名の先客がいた。何でも、そこから見える日の出が有名らしい。

「ちょっと先に行けば、きっと誰もいないはずだよ。行こ！」

二人で吊り橋を渡る。決して広くない横幅は並んで歩くのがやっとだ。

憶病な僕は彼女の手を取る。すると、彼女は笑顔で握り返してくれた。

「いつ来てもすごい景色だね」

「僕はちょっと怖いかな」

「そうかもしれないね」

吊り橋の真ん中で朝陽を待つ数名とすれ違う。彼らは僕と彼女を不思議そうに見ていたけれど、取り立てて何も言ってこなかった。子供に見られたからなのか、絶好の日の出スポットを素通りしたせいか、どちらにせよ話しかけられなくて良かったと思う。

吊り橋を渡り切ると、潮の香りを残して海は姿を隠す。石階段がなだらかに続き、再び木々に囲まれた。

横目で彼女を見ると、随分と穏やかな表情をしていた。その表情から感情を読み取るのは難しい。

彼女は今、何を考えているのだろう。

僕は今すぐにでも、君の手を引いて逃げ出したいと思っているけれど。

木々を抜けると、シャッターの閉まった土産物屋が数軒立ち並び、その奥に灯台が見えた。白い筒が悠然と空へ伸びている。

彼女が嬉しそうに顔を明るくし、僕の手を引いて駆け出す。そんな彼女を見ながら、僕はあの日を思いだしていた。

僕と彼女の出会いも、関係も、馴《な》れ初《そ》めも、全てがこの白い塔の上から始まった。

僕がそこにいなかったら、彼女はやっぱり飛び降りていたのだろうか。

「あちゃー、やっぱり開いてないか」

灯台の入り口は大きな扉が閉まっていた。

「残念だね……」

「うん。でも、偶然灯台を見つけるなんて運命だなって思っちゃった」

灯台の先は切り立った崖を前に、開けた空間が存在した。そこから見える視界を埋め尽くす水平線。むき出しの岩肌が細く切り取られた、まるでサスペンスドラマに出てくるような場所だった。

「ここが良さそうだね」

彼女がそう言った時、心臓がきゅっと音を立てた。だから、彼女が断崖《だんがい》の手前で腰を下ろしたのを見て、深く息を吐いた。

しばらく二人で黒い海を眺めていると、水平線の先端がじわりと滲み始める。暗闇のフィルターがさっと一段階薄くなった。

「あー、もうすぐ夜が明けちゃうんだね」

「……そうだね」

「そしたら、朝が来て、私も十八歳かぁ。……大人になっちゃうんだね」

やけに悲しそうに聞こえたのは、多分気のせいじゃないと思う。

徐々に世界が先駆けて色づいていく。

「まだ太陽が見えてないのにせっかちだよね」

何度味わっても、やっぱり変だなと思う。

夜と朝の境界は随分と曖昧だ。

握った彼女の手が、いつしか震えていた。

「どうしたの……？」

彼女は微笑んでいたけれど、その焦点の定まらない瞳には覚えがある。だから、僕は思わず彼女の手を強く握った。

その目は小学生の時の僕と同じだ。怖くて、怯えて、今にも崩れてしまいそうなぐらついた目線。

「…………怖いんだよ」

彼女がぽつりと呟いた。

「……死ぬことが？」

白んでいく世界を拒絶するように、彼女がきつく目を閉じ、首を横に振る。そこにもう張り付けたような笑みは残っていなかった。

「一体、何が怖いの……？」

尻込みしている時間は無い、もうタイムリミットがすぐそこまで迫っている気がした。

　彼女がゆっくりと目を開けて、僕を見つめる。握った手がするりと離れ、僕の頬を一度だけ優しく撫でた。

「あぁ……幸せだなぁ……」

　やっぱり、彼女はそう呟く。だからこそ、僕には彼女が何を恐れているのかが分からなかった。

　遠くの空が暁《あかつき》に燃えている。色彩の薄い世界でやけに色濃く感じるそれは、一日の始まりを告げる炎のはずなのに、僕にはまるで彼女の終わりを知らせる最期の灯《とも》火《び》に思えた。

「──私は、大人になるのが怖い」

　ぽろっと、彼女の頬を涙が転がった。

「この幸せな感情が薄れて無くなってしまうかもしれないと思うと、すごく恐ろしい。いつか、今見ている景色が美しいと思えなくなっちゃうのかな？　この海が、空が、綺麗だと感じられなくなるのかもしれない。私もお父さんとかお母さんみたいに、誰かを傷付けるような人間になっちゃうのかな？　もしかしたら、奏汰くんのことも不幸にしちゃうかもしれない。

そんなの、私には耐えられないよ……。

君の顔だってちゃんと見てみたい。

でも、そんな日は一生来ないかもしれない。

見たい思いが強くなり続けて、どんどん辛くなっていくの。

この先、楽しいことよりも辛いことの方が多いかもしれないって考えたら、生きるのが怖いんだよ……」

彼女の声はずっと震えていて、いつしか僕も共鳴するように口を震わせていた。

彼女の感情が雪崩《なだれ》のように流れ込んでくる。

——私は私のために死にたいんだよ。

彼女が砂浜で言っていたことを思いだす。

家庭環境とか、病気なんてものは、彼女が死のうとする理由にはなっていなくて、彼女はただ自分が変わってしまうことが怖かったんだ。

ようやく、彼女の希死念慮に触れた気がした。

彼女はいつも怯えていたんだ。灯台の上で出会った日も、明るく振る舞う教室でも、僕だけを見てくれている今も——。

彼女もずっと戦って、逃げ続けていた。未来への妄想を必死にかき消しながら、一足先に大人へとならざるを得ない環境に晒されながらも、彼女は懸命に変わらない努力をしていた。

奇しくも、変わりたいと切望する僕とは真逆の想いだ。

「君主に先立たれて、日本が鎖国の気配をひたひたと感じさせる最中、用無しになった三浦按針は最期に何を思ったんだろうね」

「それは……」

言葉が出てこなかった。

不意に彼女は緩やかに笑みをつくる。それが、僕には諦めと決意の表れに見えた。

「だから、私は彼のようにはなるまいって思っているんだよ。私は、これ以上幸せを失いたくはない」

彼女は僕の手を離し、ゆっくりと立ち上がった。

別れの合図だ。

「あっ……ま……っ……」

足が震えて力が入らない。

心臓が金切り声をあげている。

力なく伸ばした手の先から彼女がどんどん遠ざかって行く様を、僕はただえずくように喉を鳴らして見ていた。

細い崖の先端で彼女は立ち止まり、くるっとこちらを振り向く。

「奏汰くんと過ごしたこの数か月で、私は前よりもずっと、ずーっと幸せになれたよ！」

全てが曖昧でぼやけた世界で、彼女だけが鮮烈に輝いていた。

ただただ、美しい。有終の美という言葉があるけれど、まさにそう思えてしまった。

「だから、私は人生で最高に幸せな今、終わらせようと思う」

彼女に見入り、いつの間にか身体の震えは止まっていた。

じりっと彼女がまた一歩、僕から遠ざかる。

彼女のかかとが崖の輪郭を捉えた。

僕はいつの間にか泣いていた。凍えてしまいそうなほど冷たい涙だった。

「一緒に死んでみる？って誘い、撤回するよ。私は奏汰くんには死んでほしくないから。自分勝手でごめんね？」

彼女が一歩下がって僕に背を向ける。その様に一切の躊躇は感じられなかった。

彼女が迷わないことを僕が一番よく知っている。彼女はどんな時でも自分に素直だった。

「で、でも……」

「ここでお別れだよ。だから、早く行って？　大人になるなら、奏汰くんはこっちを見ちゃ駄目なんだよ」

彼女はどこまでも自分勝手で、そのくせ最後まで優しかった。

その優しさに甘え続けたのが僕だ。

ゆっくりと立ち上がる。遥か先まで広がる海原を前に、彼女の後ろ姿はとても小さかった。

僕は彼女からたくさんのものを貰った。

僕は彼女に何かあげられただろうか？

彼女とは対等な関係でありたい。それなのにいつも僕が助けられてばかりで、背中を押されて。それならば、僕も彼女の背を押してあげるのが正解なのだろうか。

歩きだす。

先生の言っていた通りだ。一歩を踏み出すと、途端に身体が軽くなった。先のことばかり考えて踏ん切りのつかなかった気持ちが糸のようにちぎれる。

「……さよなら。かな――」

前のめりに傾く彼女の身体を、僕は精いっぱい抱きしめた。

彼女の身体がびくっと大きく波を打つ。

彼女の肩越しにぱらりと小石が絶壁を転がり落ち、眼下で荒れ狂う白波が呑み込んでいく。

抱きしめた身体はとても強張り、震えていた。

微かに彼女が息を呑む気配がする。

「な……何、しているの？」

随分と狼狽《ろうばい》している声だ。

その横顔が戸惑いを映す。想定外だとでも言いたげに見えた。

「来ちゃ、駄目だよ……」

視界が一瞬、眩く瞬く。

水平線の先端から、朝陽が小さく顔を覗かせていた。

その時、強い風が吹いた。ぐらっと体勢が崩れ、右足が地面を離れる。

前のめりになった視界が、真下の鋭く尖った岩肌を映した。

慌てて身体をねじって反転する。そのまま、彼女を突き放した。後ろ向きに倒れかける背中を潮騒が撫でる。

あぁ、僕死ぬのかな……。

そう思った刹那、彼女が僕の手をつかみ、力いっぱい引き寄せる。右足が地面を叩いてもなお、彼女がそのまま引っ張るから、僕は膝をついて、彼女は尻餅《しりもち》をついて地面に倒れ込んだ。

一瞬の出来事に、遅れて心臓がばくばくと大きく脈を打つ。

「な、何やってるの!? 奏汰くんが死んじゃうところだった……！」

彼女が息を切らしながら怒ったように声を荒らげる。

「ね、音子は僕のこと、全然分かってないね。……違うか。音子は自分のことが全く分かってないよ」

「え……？」

目に見える全てが朝陽に燃え、世界の輪郭が鮮明になっていく。まるで、長い夢から覚めたみたいだ。

「音子は僕を変えたんだ！　憶病で、弱虫で、こんなどうしようもない僕に勇気をくれた。おかげで、僕はこうして今ここにいる。だから、僕は音子のために死ぬのくらい、何てことは無いんだよ」

安堵と驚きに満ちた彼女の顔がぐしゃりと歪んだ。大粒の涙がぼろぼろと零れ落ちる。そして、彼女は声を上げて泣いた。

「……っ、駄目だよ……。そんなの、駄目に決まってるじゃん……。私のためなんかに死なないでっ！　……ぅ、っ……！」

頼むから、そんな顔をしないでほしい。

僕は彼女を泣かせるためにこんなことをしているんじゃないんだ。

「それは僕だって同じなんだよ！　僕は音子に死んでほしくないんだ！」

彼女は泣きじゃくったまま、首を強く横に振る。

「違う……！　私はお母さんやお父さんみたいになりたくない……。奏汰くんを傷付けるかもしれない、君が変わりたいって思いを邪魔するかもしれないって考えたら、そんなの耐えられない！　お願いだから、この幸せを抱えたまま終わりにさせてよ……」

彼女にはずっと笑顔でいてほしい。

その笑顔で、みんなを幸せにしてほしい。

そして、誰よりも幸せになってほしい。

「そ、それなら……！　僕が音子の分まで変わってやる！　もっと先の未来を見てみたいと思えるように、僕が道しるべになる！　幸せにしてやるなんて言えないけれど、僕は音子がずっと笑っていられるようにたくさん努力する。僕は君がいてくれさえすれば、いくらでも変われるんだ。だから、君がもう怯えなくてすむのなら何だってしてやる。……だって、僕は音子がいないと幸せになれないんだから！」

僕の本心。心からの叫びだった。

彼女は喜びと悲しみを混ぜた瞳を細め、口元を緩める。僕の想いは伝わったけれど、それでも彼女の意志は固かった。

よろよろと彼女が近寄ってくる。いや、まだ僕から遠ざかろうとしていた。

その道を塞ぐように、彼女をせき止めた。

「私には、奏汰くんを幸せに出来る自信が無いよ……。だから、私なんかと一緒にいちゃ駄目だよ……」

彼女の目をじっと見つめる。

彼女が見えなくたって、関係ない。伝えるんだ、僕の気持ちを最後まで。

「いいから、僕と一緒に生きてほしい。僕を変えた責任を取ってよ。その代わり、僕も音子が死ぬのを止めた責任をこれからずっと取っていくから」

僕を押しのけようとする彼女の手がすっと止まる。それが、彼女の答えだった。そして、ややあって僕へともたれかかる。

もう絶対に離さない。そう強く思いながら、彼女を抱きしめた。

「それなら、仕方ないね……。私は奏汰くんと関わって前よりもずっと幸せになれた。これから先、私たちはもっともっと幸せになれるのかな……？」

「うん……。絶対にそうしてみせるよ」

彼女が僕を見上げる。そして、ゆっくりと破顔した。大雨がたっぷり降り注いだ後の青空のように、晴れやかな表情だった。

しばらく、彼女と朝焼けの景色を眺めていた。

「綺麗だね……」

「うん。綺麗だ」

それ以上、言葉は交わさなかった。ただひたすら、互いを離すまいと求め続けた。

やがて、世界が音で満ちていく。また一日が始まった気配がした。

「もう一つ、済ませたいことがあるんだ……」

彼女が僕からそっと離れ、向き直る。

「分かっているよ」

僕は彼女のおかげでこんなにも変われた。彼女も、僕との未来を選んでくれた。

だから、次は僕の番だ。

彼女が僕に手を差し出す。

「それじゃあ、行こうか。奏翔くんを救いに」

彼女と別れ、すぐに家へと帰って着替えた。既に昼過ぎで家には誰もいなかった。

制服が妙に懐かしく感じる。たかだか一週間ぶりなのに、どうしてそう思ったのだろうか。

人として成長したからとか、きっとそんなんじゃない。喉が締まるような息苦しい緊張の表れなのだろう。

彼女には明日、一緒に学校へと戻ろうと話しておいた。でも、これは僕が乗り越えなきゃいけない問題だ。変われたことを証明するためにも、独りで立ち向かう必要がある。

勾配《こうばい》のある坂道に汗が滲む。もうすっかり夏日和《びより》だ。

学校までの道のりって、こんなに長かっただろうか。張り詰めた意識のせいで、余計にそう感じた。

正門の前で立ち止まる。ちょうど昼休み時だ。

こんなにも学校が怖いと思ったのは小学生の時以来だった。でも、このまま大切な人が僕のために犠牲になり続けることが、自分自身が変わることが出来ないことが、何よりも恐ろしい。

下駄箱で靴を履き替え、一つ深呼吸。口の中がやけに乾いて気持ち悪い。

すれ違う同級生たちは誰も声をかけてこない。きっと、僕のことを奏翔だと勘違いしているのだろう。瓜《うり》二つの顔立ちだから当然のこと。それに、ずっと無断欠席している奴が、ふらっとこんな時間に登校してくるとも思わないだろう。

気が付かれないのは都合が良かった。きっと僕だとバレれば、寄ってたかって質問攻めにあってしまい、当初の目的どころではなくなってしまう。

そっと教室を覗く。入り乱れるクラスメートの中、いつもの席に奏翔が座っていたのを見て、心底安堵した。やっぱり、僕がいなければ芹沢が奏翔を呼び出すこともない。

だから、彼女の手を取ったわけだし、あの日、灯台に上った。逃げるのが最善策だと思っていたから。

でも、それじゃ駄目なんだ。彼女の隣を歩くためにも、奏翔に償うためにも、僕は逃げるわけにはいかなかった。

バレないように教室の前を通り抜け、隣の教室の扉に手をかける。ガラッといつもより大きめな音が立つ。

扉を開くのに戸惑いは無かった。少しでも躊躇すれば、動けなくなるのは自分が一番よく知っていたからだ。

教室内から向けられる視線に、背中を嫌な緊張が伝う。

数ある視線の中、僕は窓際で取り巻きと談笑を交わす大柄な人物に向かって、一歩を踏み出す。静けさを帯びていく中で、ひそひそと誰かが僕のことを喋っている気がした。

その大柄な人物は僕を一瞥すると、そっぽを向いて取り巻きとの会話を続ける。

真正面まで近付いて、椅子に座るそいつを見下ろす。

「ちょっと、話があるんだけど」

思ったよりもすんなり声が出た。学校という存在と、彼女がいないことで僕はまた演じている。今は紛れもない学校での奏汰だから、芹沢にも問題なく話しかけることが出来た。

芹沢は話し方と態度から、ようやく奏翔ではなく僕だと認識したのか、訝《いぶか》し気な表情を浮かべる。それと同時に教室中がざわついた。どうやら、僕と彼女の件は少なくとも学年中には広まってしまっているらしい。

「……何だよ」

気怠そうに芹沢が言った。

怖くない。演じること、それは僕にとって周囲から自分の身を守る鎧《よろい》だ。小学校を卒業してからずっと纏《まと》ってきた。

しかし、この外面のせいでまた僕は奏翔に迷惑をかけてしまっている。大切な人を僕が傷付けている。しかも、肝心な時に素の自分が出てしまって動けなくなるからたちが悪い。

小学校の時も、今も、心の内では大切だと思っている奏翔を見捨て続けてしまっている。僕のために身を挺《てい》してくれているというのに。

結局は、僕は自分が一番大切だった。相田みつをの言葉になぞるのなら、一番大事な自分のために、一番大事な命をかけるつもりで演じてきた。

奏翔はちゃんと変わったんだ。

あの時も、僕が引きこもれば代わりに奏翔がいじめられる。そんなことは分かっていた。それなのに、僕は自己保身のために逃げてしまった。そして、高校生になった今、僕はまた同じ過ちを繰り返している。

僕は弱くて、どうしようもない人間だ。こんな姿のまま彼女と歩み続けていいはずがない。奏翔とも、しっかりと向き合いたい。

その結果、一番大事な自分が不幸になったって構わない。今なら心からそう思える。

自己犠牲なんかじゃない。ただ、今までの清算をするだけだ。

僕は芹沢を教室から連れ出した。二人きりで話がしたいからと伝えると、芹沢は素直に一人でついて来た。

僕が学校に来ていると広まってしまう前に二人で校舎を出て、体育館の裏手に向かった。昼間だというのに太陽は校舎に阻まれてやけに薄暗い。なるべく木漏《こも》れ日が注ぐ明るい場所を選んで芹沢と向き直る。

目の前の芹沢が息を呑むのが分かった。

僕と芹沢がこうして話すのは、茅野が転校してくる前が最後だ。だから、芹沢もきっと小学生の時のことを思い浮かべたのだろう。僕を睨みつける瞳が、茅野の残像を思い返して、微かに恐怖の色を見せているように思えた。

やっぱり、彼もある意味では被害者なのだ。

「さっさと話せよ……」

正面から芹沢と向き合うと、急に息苦しくなった。

頭の中で記憶がフラッシュバックする。

その日、僕はたまたま奏翔が芹沢とその取り巻きと歩いて校舎を出ていくところを見た。嫌な予感は当然のように当たってしまった。その暴力的な光景が、小学校の時の記憶と結びつく。

どうしても身体が動かなかった。刻み込まれた恐怖が、僕の鎧を簡単に剝がしてしまう。

だから、今も僕は芹沢のことが怖いんじゃない。ただ、過去に怯えているんだ。楔《くさび》のように打ち込まれたそれが、僕から声を奪う。

「いつものうざってぇ態度はどうしたんだよ」

きっと、芹沢が僕を嫌う理由は同族嫌悪だ。彼もまた、小学校を卒業したその日から演じている。

茅野智が転校してくるまで、彼は元々いじめっ子というわけではなかった。体格が良い、元気な性格の至って平凡な小学生だった。

しかし、芹沢もまた、僕と同じように忘れがたい苦痛のくびきに繋がれている。

ただ、演じ方が違っただけだ。僕はとにかく人から支持を得られるように。芹沢は人に恐れられるように。もう、誰かの好き勝手にされないように鎧を作った。

「お、俺は……」

頭が真っ白になった。情けなく開いた口は小刻みに震え、視界がぐらりと揺らぐ。

その時、校内放送用のスピーカーからぶつっというノイズが漏れる。

『あー、あー。これ入ってるの？』

開け放たれた窓から聞こえてくるその声に、やっぱり僕は彼女には敵《かな》わないなと思った。

僕のすることは全部彼女にお見通しだ。思わず、校舎を見上げ、放送室へと顔を向ける。窓越しの彼女が僕を見ていた。

そしてもう一人、僕のことを何でも分かっている人がいる。スピーカーから彼女の声が聞こえると同時に、校舎の陰から奏翔が飛び出して姿を見せる。その瞳がまっすぐに僕を捉えていた。

「――奏汰！」

『大丈夫だよ！　君ならやれる！　私がそう言うんだから、絶対に大丈夫！』

二人は僕にとってのヒーローだ。今までも、これからも。

僕だって、二人にとってのそんな存在になりたいんだ。

だから、今だけは演じない、ありのままの僕でありたい。

芹沢を見上げる。目を合わせると、彼はぎりっと歯を鳴らして目をそらす。

「僕は芹沢に言いたいことがある」

大丈夫。怖くない。いつまでも怯えたままじゃ、僕の言葉は芹沢に届かない。

「な、何だよ……」

本当、僕と彼は一緒だ。

僕はずっと頭を下げた。

「あの時、一緒に茅野と戦ってやれなくてごめん。助けようなんて少しも思わなくて、ごめん」

見て見ぬふりは加害者と同罪だなんて、あの恐怖を経験した僕たちは口が裂けても言えない。だけど、それでも僕は謝りたかった。

「な、何を言って……」

茅野の名前を聞いた途端、芹沢が狼狽したように顔を歪める。そこに普段の暴力性はもう見えない。

一番最初に標的にされた芹沢を見捨てたから、僕たちのクラスは茅野の意のままになった。誰も、口を挟めなくなった。

「芹沢は悪い奴じゃないって、僕たちはみんな知っていたのに。それでもいじめられる君に誰も手を差し伸べなかった。もちろん、僕も……。だから、ごめん」

今の芹沢はとてもじゃないけれど良い奴なんて言えない。だけど、昔の彼を僕は知っている。男子の中心で、人気があって、誰に対しても分け隔てなく接していたあの頃を。

僕が無意識に演じていたのは芹沢だ。彼が真っ先に茅野に狙われた理由は体格だけじゃない。単純に目立っていて、クラスの中心だったからだ。しかし、茅野を尻込みさせるほどのものじゃなかった。

だったら、僕は芹沢以上に誰からも信頼されて、いざという時に仲間になってもらえる存在になればいい。いつかまた茅野みたいな人物が現れた時、僕とその周りの人物をいじめようと思わせない。それくらい、立場の強い人間になろう。そんな浅ましい思いだった。

「い、今さらそんなこと言ってんじゃねえ！　あいつの名前も出すな！」

僕はずっと芹沢の目を見続けた。彼が僕と向き合わなくても、僕は彼に自分の気持ちを全部伝えるんだ。

「でも、僕は奏翔のためにも、芹沢のためにもちゃんと向き合いたいんだ。芹沢が喧嘩とか好きじゃないの知ってるよ。だって、友達だったから……」

そうだ、彼は元々温厚な性格だった。それなのに、茅野のような存在に怯えるあまり、いじめる側へと回ってしまった。

「そ、そんなんじゃねえ！　俺はお前が大嫌いだ！　……俺だって、こんなはずじゃなかったんだよ！」

嫌われている。それは事実なんだろう。だって、芹沢は今からクラスの人気者になんてなれやしない。一度、定着した印象はどうやったって剝がれることは無い。だから、芹沢は僕が疎ましいんだ。もう戻れない過去の自分のように、クラスの中心にいる僕のことが許せない。

僕も芹沢も演じることを選んだ。それなのに、僕は結局変われなくて苦しみ、芹沢は変わってしまったことを後悔している。

「なあ、僕に手を出せば色んな人が敵に回るから、奏翔を傷付けるんだろう？　だったら、ここで僕を殴れよ。僕は誰にも言わないって誓ってやる。何なら、小学生の時、僕がいじめられていたって、みんなに言いふらしたって構わない」

いじめられていたことがバレたからって、何になるんだ。別に悪いことをしているんじゃない。恥ずかしいことなんかじゃない。

奏翔が寄ってこようとするのを目で制した。

それじゃ、何の意味も無い。僕が変わりたいからやっていることなんだ。

動揺を見せる芹沢が震える拳を持ち上げる。彼もどうしたらいいのか分からないのか、振りかぶった手が宙で静止する。

「芹沢、そうやって暴力で自分を正当化するのはもうやめなよ。僕はもう茅野には怯えないよ。ちゃんと、僕なりのやり方で大切な人を守ろうと思う」

芹沢の横を通り抜ける時、もしかしたら殴られるかもしれないと思った。しかし、彼は何もしてこなかった。

「クソッ……！」

背後で響いた芹沢の声は、苛立っているというより困惑しているようだった。ちゃんと言えた。伝えられた。そう思った瞬間、身体の力が一気に抜けて足取りがおぼつかなくなる。ふらつく身体が、誰かに支えられた。

「奏汰……」

僕のヒーローだった。

芹沢の姿が見えなくなると、僕はその場に倒れるように膝をついた。心臓はまだうるさいくらい高鳴っている。

奏翔がしゃがみこんで僕の顔を覗き込む。そして、こう言った。

「ありがとう」

思わず笑ってしまった。だって、それは僕が奏翔に言うべき言葉だ。僕が感謝されるなんて、どう考えてもおかしい。

だから、僕も同じ言葉で返そうと思う。

「ありがとう、奏翔。いつも、いつも。色々。たくさん。本当に、ありがとう」

伝えたいことが多過ぎて、そんな言葉しか出なかった。でも、僕と奏翔は双子なんだ。だから、これくらいでちょうどいい。全部、伝わるはずだ。

『よくやったー！　やっぱり、君は強い！　ちゃんと変われてるよ、奏汰くん！

あっ、名前言っちゃった……』

スピーカーから彼女の声が流れてくる。

奏翔を横目で見ると、彼もまた僕を見ていた。

二人して同時に笑みが零れ落ちる。

木漏れ日の中、僕と奏翔はいつまでも笑い合った。

エピローグ

窓の外がまだ暗がりに包まれている最中、制服に袖を通す。

眠くないといえばうそになる。早起きは苦手だ。まだ朝の輪郭すら見えていない時間に起きるなんて、半年前の自分には考えられないことだった。

最近は目覚ましが無くても自然と目が覚める。まるで、本能が待ち望んでいるみたいだ。

スマホが小さな通知音と共にポケットの中で震える。ようやく彼女からのモーニングコールが来たけれど、僕はもう玄関に手をかけているところだった。

「もう出るの？」

不意に背後から声をかけられ、少しだけ驚いた。僕たちは双子だ。僕がそうであるように、奏翔もまた早起きが得意ではないはず。

「まあね。遅れると拗ねるからさ」

奏翔はややあって、口元に柔らかな笑みを添えた。

「そっか。いってらっしゃい」

「奏翔も学校遅れないようにね。いってきます」

相変わらず、言葉の少ないやり取りだ。でも、これでいい。僕と奏翔はしっかり通じ合っている。

いつもの公園に行くと、そこに彼女の姿は見えなかった。

僕は軽く息を吐き、来た道を引き返す。

「あれ、加賀じゃねえか」

聞き覚えのある声に振り返ると、眠そうに目をこすりながらコンビニ袋を下げた先生がそこにいた。どうやら、今日は突然声をかけられる日らしい。

「どしたんだ、こんな早い時間に」

「最近、早起きが日課になってて。先生こそ、珍しいですね」

「まあな、実はちょっと漫画関連で仕事の話が来ていてな。そんなわけで連日徹夜だ。俺も歳を食ったかな、きつくて堪らん」

その話を聞いて、胸がじんわりと熱くなる。先生がすごく努力していたことを知っているからか、自分のことのように嬉しくなった。

「やったじゃないですか！　先生、応援してますよ！」

先生は少し気恥ずかしそうに頬を掻く。

「やれるだけはやってみるさ、あんまり期待しないでくれよ。それよか、受験は大丈夫そうか？　まあ、お前ら兄弟は中学の時から成績良かったから、そんなに心配してねえんだけど」

「ちゃんとA判定貰ってますよ。今はむしろ、一緒の志望校受けたがってる人に勉強を教える毎日です」

先生がふーんと、伸びた無精《ぶしょう》ひげを擦る。僕が本音で話せる存在は、今まで家族以外では先生だけだった。だから、きっと意外に思っているのだろう。

「まっ、一緒に受かるといいな。何かあったら、また相談くらいは乗ってやるよ」

そう言い残し、先生は大きな欠伸《あくび》をしながら行ってしまった。恩人の背中を暫《しば》し見送り、歩きだした。


じんわりと薄れていく暗闇の中、海沿いの灯台へと向かった。相変わらず、螺旋状の階段は上っているうちに平衡《へいこう》感覚が薄れていくからあまり好きになれない。夏は空気が篭《こも》って蒸し暑いからなおさらだ。

今年は暑くなるのが早い。もう夏日和だ。まだ陽が出ていないというのに、歩いているだけで額に汗が滲む。

最後の鉄階段を上り切るのと、彼女が振り向くのは同時だった。

何の心配もしていなかったけれど、彼女の顔がぱっと明るくなって安堵する。

「おはよう、奏汰くん！」

「今日はどうしてここに？」

彼女は待ってましたと言わんばかりに、手に持った紙袋を掲げる。

「ここは私と奏汰くんにとって特別な場所だからね。特別な日を祝うにはちょうどいいんだよ」

彼女に言われて、ようやく今日が何の日か思いだした。

「そっか、すっかり忘れてたよ」

「もー、私の誕生日は覚えているくせに、自分の誕生日は忘れちゃってるの？」

彼女は内壁に置かれたベンチに腰を下ろし、袋から紙箱を取り出す。

「じゃーん！　家で作って来た！」

箱を開けると、大きなホールケーキが姿を見せた。白いクリームが所々歪《いびつ》なのが彼女らしい。

「こんな時間からケーキ？」

「いいじゃん。気にしなーい、気にしなーい」

上機嫌にカトラリーを取り出す彼女を見て、自然と笑みが零れる。

最近、作り笑いが減った。

自分を取り繕うのは悪いことじゃない。ただ、本当の自分を曝け出せる人には素直でありたいと思う。

「ありがとう。ちゃんと嬉しいよ」

そう伝えると、彼女はちょっと不思議そうに目をしばたたかせていた。

「急にどうしたの？」

「すごく嬉しいから伝えただけだよ」

きっと、僕は成長している。だって、こんな風に素直に感謝を口にしているのに、緊張や不安が一切ない。彼女になら、僕はどんな言葉も臆することなく、ありのまま伝えられる。

彼女は明るく笑みを浮かべ、ちょっと照れくさそうしていた。

「どういたしまして、と言いたいところだけど、ケーキをカットするナイフ忘れちゃったみたい」

鞄を漁る彼女の手からフォークを奪い取った。

「いいよ、このまま食べよ」

「……それもそうだね。どうせ、私と奏汰くんしかいないんだし」

二人でホールケーキを突いて食べた。彼女は甘くし過ぎたと言っていたけれど、僕にはちょうど良かった。

流石に二人で全部食べ切れるはずもなく、残った分は奏翔にあげてほしいとのことだった。他の人だったら僕が意地でも食べていたけれど、奏翔ならいっか、と素直に頷く。

気が付けば、東の山向こうがじんわりと橙色に燃えていた。手すりに身体を寄せると、僕と彼女の間を強い潮風が通り抜ける。

世界がぼんやりと色づいていく。白い膜がかかった景色はどこか不明瞭で、精彩に欠けるなと独り言ちる。

いつしか軽くなった空気に、一日の始まりを感じた。

「あのさ、」

「うん？」

「……いや、やっぱり何でもないや」

「えー、気になるじゃん」

頬を掻く。先生もさっきはこんな気持ちだったんだろうか。

「いや、大学生になって、一緒に住むってなっても、こうしてたまには二人で夜明けを見たいなって」

そのためにはまず、二人とも同じ大学に受からないといけないんだけど。

口に出して余計に恥ずかしくなった。彼女がにやにやと僕を見つめている気がしたから、近くに感じる空から目が離せない。

「そうだね。楽しみだなぁ。きっと、毎日が思い出になるよ」

彼女がスマホをかざし、まだ僕たちが恋を知らなかったあの日のように、僕の頬を摘まんで写真を撮る。

「どう？　ちゃんと撮れてる？」

画面に写る僕は自分で言うのも何だけど、そんなに悪くないと思えた。

「あの日よりはマシかな」

「そりゃ良かった。いつか奏汰くんの顔が見られる日が来るまで、大切に保存しておこっと」

きっといつか、相貌失認の彼女が僕の顔を見れる日が来る。

何となく、そんな気がした。だって、彼女がそう信じているんだから。

遠くで船が汽笛を鳴らす。呼応するように、海鳥がぴゅーいと鳴きながら朝焼けの空を駆けていく。

彼女と見るこの景色が、僕は好きだ。

「はい、プレゼントもちゃんとあるよ」

彼女がくれた誕生日プレゼントは小さな猫のピアスだった。

「前に栗原くんと教室でピアス穴開けてたでしょ？」

「よく見てるね」

彼女は「それに」と付け加え、ポケットからつげ櫛を取り出す。

「それ付けてくれてたら、一目で奏汰くんって分かるから。猫はお揃いだよ」

これはつい先日知ったことだけど、櫛をプレゼントするのは縁起が悪いという意味合いとは別に、プロポーズの贈り物としても用いられるらしい。

「この先、辛いことも苦しいことも多いけれど、生涯寄り添い合いながら一緒に生きていこう」

そんな意味らしい。

「えっ、急にプロポーズ？」

「まあ、そうかもしれないね」

彼女はゆっくりと微笑む。

「当たり前だよ。責任取ってくれるんでしょ？」

彼女がぎゅっと僕の手を握る。

「もちろんね」

もうすっかり朝だった。

白んでいた空は、いつしか初夏を塗りたくったような鮮やかな青色だ。

「今日は何の日か分かる？」

彼女の質問に僕は首を傾げる。

「僕と奏翔の誕生日でしょ？」

「それもあるけどね。六月十三日は一年で一番、夜明けが早い日なんだってさ」

一筋の朝陽が彼女の瞳に降り注いだ。

彼女が晴れやかに笑う。だから、僕もきっと最高の笑顔をしているに違いない。

「なるほどね。それはいい日になりそうだ」

僕と彼女は手を握ったまま、ゆっくりと螺旋階段を下りていった。

（了）

あとがき

初めまして、微炭酸です。

まずは、『君と見つけた夜明けの行方』を手に取って頂きありがとうございます。

この度、「第3回きみの物語が、誰か変える。小説大賞」にて大賞を頂戴し、商業デビューとなりました。


いきなり自分語りで恐縮ですが、僕のこれまでの人生に波風があったかと言われると、多分他の人に比べたら随分と穏やかだったんじゃないかなと思います。しかし、そんな僕にも本コンテストのテーマである、「ずっと言えなかったこと」はあります。

そして、残念ながら僕がこの想いを晴らせることは二度とありません。彼の墓石の前で頭を下げることは出来ても、直接伝えることは出来ないんです。

この物語の登場人物たちには僕の血を分けました。本作を通じて、僕はどうにか自分の気持ちを彼に届けたかったのかもしれません。

一歩を踏み出すのはとても難しいことです。色々なことを考えて、中々身体が動かない。いざとなると足が竦んでしまう。誰しも、そんな経験があると思います。

僕は、人生大半のことからは逃げてもいいと思っています。だって、それはあなたの人生なんですから。好きに生きていいに決まっています。

ただ、本当に大事なことには、どうか勇気を振り絞って一歩を踏み出してみてください。その結果、もしかしたら傷ついたり、泣いてしまうこともあるかもしれません。でも、未来のあなたは、今よりも絶対に幸せになれているはずです。

過去の僕と同じように、勇気がどうしても出ないという人にとって、本作が一歩を踏み出すきっかけとなれば幸いです。


最後となりますが、謝辞を。

素敵なイラストを描いてくださったまかろんK先生。的確なご指摘をくださった編集協力の中澤様。右も左も分からない中、親身になってくださった担当編集の井貝様。その他にも本作に携わってくださった全ての皆様。

そして、本作を手に取ってくださった全ての読者の皆様へ、心より御礼申し上げます。

どうか少しでも、この物語があなたの心に残りますように。

二〇二四年十二月　微炭酸

この物語はフィクションです。実在の人物、団体等とは一切関係がありません。

微炭酸先生へのファンレターのあて先
〒104-0031　東京都中央区京橋1-3-1　八重洲口大栄ビル7F
スターツ出版（株）書籍編集部 気付
微炭酸先生

君と見つけた夜明けの行方

2024年12月28日　初版第１刷発行

著　者　　微炭酸　©Bitansan 2024

発 行 人　　菊地修一
デザイン　　フォーマット　西村弘美
　　　　　　カバー　川谷康久
発 行 所　　スターツ出版株式会社
　　　　　　〒104-0031
　　　　　　東京都中央区京橋1-3-1　八重洲口大栄ビル7F
　　　　　　TEL　03-6202-0386（出版マーケティンググループ）
　　　　　　TEL　050-5538-5679（書店様向けご注文専用ダイヤル）
　　　　　　URL　https://starts-pub.jp/
印 刷 所　　大日本印刷株式会社

Printed in Japan

ISBN　978-4-8137-1680-8　C0193

キャラクター文庫初のBLレーベル

BeLuck文庫

創刊！

創刊ラインナップはこちら

『フミヤ先輩と、
好きバレ済みの僕。』

ISBN：978-4-8137-1677-8
定価：792円（本体720円＋税）

『修学旅行で仲良くない
グループに入りました』

ISBN:978-4-8137-1678-5
定価：792円（本体720円＋税）

隔月20日発売！※偶数月に発売予定